太初傳說

—1—

遂古之初

黃秋芳——著

【推薦序】

來自眾神獸的成長處方箋——讀黃秋芳《太初傳說》三部曲

黃雅淳　國立臺東大學兒童文學研究所教授

「重要的不是故事源於何處，而是你將其引向何方。」

——尚盧．高達，法國導演

親愛的讀者：

在你開始翻讀本書之前，我想邀請你先花點時間思考：我們此時正在何處？你我是否同時都身處在宇宙中一顆正在轉動的行星上？而這顆繞著恆星旋轉的小小行星，僅是銀河系幾千億顆星球中的一顆，宇宙中仍有無數的星系，而那些星系也都只是我們仰望夜空時所見，忽明忽滅的點點星光。

當你以這樣的思維再次望向夜空，你或許能想像自己穿越時空，回到兩千多年前的戰國時期，站在屈原的身邊，和他一起仰望穹蒼，發出〈天問〉：「遂古之初，誰傳道之？上下未形，何由考之？冥昭瞢(ㄇㄥˊ)闇(ㄢˋ)，誰能極之？」你和屈原一樣困惑著：在遙遠的上古、遠在這個星球誕生之時，是誰創生了這一切？在天地尚未成形之前，世間萬物是從哪裡得以產生？如果最初的世界是明暗不分、渾沌一片，又有誰能探究根本原因？古人於是在漫長的時空中，用各種神話故事，試著描述與詮釋他們對宇宙和生命的探索與理解。

時光來到二〇二三年的美國太空總署，當代物理學大師加來道雄站在你身邊，你們一起透過NASA之眼「韋伯望遠鏡」估計宇宙星系的數量，他告訴你：「在銀河系中約有一千億個恆星，和人類腦中神經元的數量差不多。你得穿越二十四兆公里才能抵達距離太陽系最近的恆星，在那裡尋找和我們腦袋一樣複雜的事物。」[1]你驚嘆於這奇妙的巧合，也再次感到迷惑：宇宙從哪裡來？宇宙的意義究竟為何？當你照著鏡子，你想知道眼睛的後面隱藏著什麼？人類有靈魂嗎？人死後去哪裡？在浩瀚無窮的宇宙中，人類的位置在哪裡？

於是，你意識到，即使處在AI高度發展的時代，人類仍然需要神話。我們需要有當代文化語境下的再創神話，訴說我們對宇宙和生命的永恆扣問，設法在短暫渺小的個體生命中，找到生存的意義與位置。

讓我們回到黃秋芳的新編神話——《太初傳說》三部曲。

作者在此系列中，延續了前作《崑崙傳說》三部曲的時空架構，取材自中國古代神祕圖笈《山海經》，以厚實的才學與創作技藝，剪草為馬、撒豆成兵，建構出跨越時空、體系龐大的奇思幻境；有別於其他改寫者對原典單篇的童話化書寫，而是在《山海經》既有的地理空間、奇人異獸中，架構出豐富的人物譜系，使其產生有意義的連結，透過情節的鋪陳、人物的衝突矛盾，突顯作者對青少年成長議題的真切關懷。

《太初傳說》三部曲的書名皆取自屈原的〈天問〉，隱然點出神話對民族知識及文化價值的傳承與創造。除了情節與標題設置的巧妙，作者在細節的構思上，亦多有令人稱奇讚嘆的設計，顯示她沉潛多思、想像豐富的特質，表現出超卓的學識和藝術才華。作者不僅在自序中為每冊主題的內涵深入解析，每冊附錄也皆附有書中角色在《山海經》裡的原文和詞語解釋，以及由作者親自撰寫的「傳說解碼」做為指引。這些文采斐然的精心設計，雖似感性敘說創作的發想與心境，但整體構思具有鮮明的經典傳承使命，及為兒少創作的開拓精神，讓這套書經由想像之途，呈顯出經典改寫與轉化的文化厚度。

眾所周知，兒童文學是一個歷史概念，雖在華人的文學世界發展以來，才不過一百多年的歷史，但是華文兒童文學的發生，卻有著深厚的文化淵源與傳統。廣義來說，凡有兒童的地方，便有兒童文學的存在，這些在民族文化發展中，以口傳的形式講述給兒童聽的歌謠、神話、傳說與民間故事等，皆具有現代兒童文學的文體特質。

所以，即使古代沒有「童話」一詞，但正如民初學者周作人在

〈古童話釋義〉所言：「中國雖古無童話之名，然實固有成文之童話。」換言之，童話早已存在於先民的生活紀錄中，於是，前人視為「古今語怪之祖」的《山海經》，因其中稀奇怪誕的幻想元素與自由聯想的原始思維，被視為「中國童話的搖籃」，也是當代幻想文學的靈感寶泉。

但《山海經》原是兼具地理與博物知識的百科全書式圖誌，採用條列式文字且多碎句殘篇，書中的神怪奇人、靈禽異獸，大多形象扁平而情節零散。因此，為當代兒少讀者改寫《山海經》的作家，有如「一僕事二主」，既要澈底理解原典，為原典中眾多的角色建立譜系，使其各有歸屬；又需考慮當代的讀者，運用懸疑、衝突、神祕與情感等元素，引起閱讀興趣而有所共鳴，實極考驗改寫者的學養與功力。

「詩人對宇宙人生，須入乎其內，又須出乎其外。入乎其內，故能寫之；出乎其外，故能觀之。入乎其內，故有生氣；出乎其外，故有高致。」

清末著名學者王國維在《人間詞話》中的這段評說，正可驗證《太初傳說》三部曲的敘事特徵。我猜想秋芳自蘊釀《崑崙傳說》三部曲之初，必然已廣泛蒐羅各種版本的《山海經》注釋本和插圖本，長期沉浸於其間，自然使她在構思時能「**入乎其內**」，心馳神往，因此她筆下的阿狡、阿猙、阿狕(ㄧㄠˇ)、青鳥、畢方、吉羊(ㄒㄧㄤˊ)、如意等少年角色，有如注入靈氣般鮮活起來，各自體驗分離、憂思與恐懼，各自面對「轉大人」的辛苦試煉。

而置身於現代，秋芳做為兒童文學的工作者，懷著童心，以今觀古，故能「**出乎其外**」，以多年語文教學的歷練和作家的慧眼觀識原典，透過幻想文學的敘事技藝，將原典中寥寥數語的條目記載加以開掘推演，轉化為數萬字的奇幻小說。

更重要的是，她在《山海經》既有的角色或耳熟能詳的故事素材之外，寄寓了不朽的主題與深刻的思維：作品述說了童年的純真與自由、成長的困惑與徬徨，以及世代交替的衝突與必要性，也藉由角色的經歷探索家庭的價值與人性的複雜——如此，因能「入乎其內，故有生氣；出乎其外，故有高致。」使潛藏於文本之下的文化關懷，獲得了新的生命力。

《太初傳說》三部曲以對後世影響深遠的神女「西王母」為核心，敘寫在她從太初少女「阿畝」蛻變成西王母，最後成熟為王母娘娘的漫長時空中，圍繞在她身邊成長的兒少角色——角兒、睜兒、窈兒（即《山海經》中的狡、猙、狕，三隻同具豹紋的神獸，呼應西王母的原始形象「豹尾虎齒而善嘯」），與青鳥、小葉等各自的青春故事。

阿畝在書中有如大母神，她守護孩子們，給予他們無保留的愛，但也讓他們各自面對考驗和挑戰。所有的孩子在成長過程中，都必須經歷精神上與形體上和母親分離的痛苦與恐懼，這樣的心理轉化可能變形為各種叛逆、挫折，但孩子便是一次次以這樣的方式試圖自立。

瑞士榮格心理學派從「個體化」談論青少年成長，指出這是一段既要不斷面對分離、又需一再整合自我，充滿痛苦與不確定性的過程——「從孩子蛻變為成人，必得經過充滿挫折的門檻，如由死亡到復活，成為全新的人。而陪伴於旁的家長，也同時走在另一條時而平行、時而交錯的個體化之路，其痛苦煎熬往往亦不下於兒女主角。」❷

榮格「個體化」的核心精神，是指每個人在此生的各種境遇中如何轉化一切對立，最終找回完整而獨特的自己；在我看來，《太初傳說》裡的成人角色，如阿畝、開明、陸吾、烏桕（ㄐㄧㄡˋ）婆婆等，又或是作者秋芳及所有真切關懷兒少成長的父母、師長們，也都走在自己個體化的終生旅程中。這些來到我們身邊的孩子們有如照妖鏡，不斷挑戰、折射與考驗著我們內在的陰影，唯有大人也勇於面對自己的軟弱和挫折，抱著願心持續成長，才能跨越世代衝突的痛，也才有足夠的能量，守護孩子的成長之路。

由於《太初傳說》三部曲中蘊含大量富有原創性、令人目不交睫的幻境時空與神人奇獸、珍禽異草名稱，且多條故事線交錯開展、敘事結構多元，並多保留《山海經》中的罕用辭彙，又與《崑崙傳說》

三部曲中的角色與情節遙相互應，對兒少讀者可能產生陌生化的閱讀魅力，但同時也是智力挑戰。然而，幻想文學敘事邏輯體現的，不是文中情節的真實性與複雜性，而是讀者心理的真實和內在渴望的滿足，正如知名奇幻文學作家彭懿所說：「好的幻想小說都是成長小說，如一面鏡子，能照出孩子的自我。它是孩子們演練內心衝突的一個舞臺，它是一次孩子們的自我發現之旅。」❸

成長是人生不可規避、無法遁逃的歷程。相信各位讀者置身於《太初傳說》浩瀚深邃的上古世界中，在享受馳騁幻想的樂趣外，也能將故事中每一個角色的經歷，化為自我的一部分，以此擴建出現實的理性秩序，並整合成新的世界觀。最終看見隱藏在故事中「貫穿古今」的智慧，茲以面對青春時光中，激昂快意、浪漫熱血、衝動反抗下的焦慮與迷惘。

誠摯邀請喜愛奇幻文學、有勇氣探索自我的少年們，細細品味這系列透過秋芳老師轉譯、來自上古眾神獸的成長處方箋。

❶《2050 科幻大成真》（二版），加來道雄著，鄧子衿譯，時報出版，二〇一八年十二月。

❷洪素珍，〈辛苦是長大成人的必然之路〉，《轉大人的辛苦：陪伴孩子走過成長的試煉》推薦序，心靈工坊出版，二〇一六年七月。

❸《我的紙上奇幻之旅》，彭懿著，明天出版社出版，二〇一六年六月。

【作者序】

西山特區，閒逛《山海經》的起點

黃秋芳

小時候，我最喜歡抱著大人看的小說以及厚厚的經典，很認真的假裝自己看得懂。日子過著過著，很快就發現自己比一般同年齡的同學、朋友，看得更「懂」一些喔！

長大後，日子過得疲累了，又特別喜歡乾淨、透明的世界。也許就是這樣，我想寫的每一個故事，比孩子們習慣閱讀的書更精緻一點點，又比大人習慣閱讀的書更簡單一點點，藉著這些精緻卻又簡單的對話和事件，慢慢的，有一些人物、有一些選擇、有一些感情、有一些道理，就可以重複溫習，陪著我們，記得一輩子。

我們的閱讀和創作，就這樣一點一滴，捏塑出「我們更喜歡的自己」。屬虎的我，在翻讀《山海經》時，特別喜歡九尾虎陸吾和九頭虎開明，跟著他們周遊過《崑崙傳說》三部曲後，好像他們都成為我最熟悉的好朋友。崑崙旅程結束了，天地洪荒，仍然不斷擴大，穿鑿想像的玄異奇幻，總是有這麼多神祕的通道要邀約我們，把時間追溯到太初、空間拉開到無邊遙遠的宇宙，我們仰首，日月輝煌、星空燦爛，還跳竄著更多的歡喜和想像。

好像永遠有這麼多說不完的渴望，領著我們去探查，天地藏著什麼？世界到底多大？像很久很久以前，精通歷史、神話與文學的楚國詩人屈原，在現實的奮鬥和改革中，仰望蒼穹，寫出傳誦幾千年的玄幻長詩〈天問〉，開頭就是驚天動地的好奇：「遂古之初，誰傳道之？」

屈原結合非凡的學識、超卓的想像，和前所未有的藝術才華，提出再也不可能有人超越的時空思索：宇宙如何生成？陰陽如何變化？日月星辰為什麼不會墜落？所有民間傳說中的玄密幽異，如何從不可測知的大自然，影響了人事轉折？透過對共工、應龍、鯀(ㄍㄨㄣˇ)、禹、后羿、啟、后稷(ㄐㄧˋ)、伊尹……這些神話碎片的扣問和懷疑，揮灑著強烈的情感衝突，以至於延續到後來的幾千年間，從文學家、科學家到哲學家，還有千千萬萬人都在好奇：世界是怎麼來的？天地萬物為什麼會變成現在這個樣子？每一個人都可以選擇自己的標準，深入熟悉，然後再想像出自己更喜歡的樣貌。

這些神話故事的滋養，來自《山海經》這本書的斷字殘篇，隨著千百年來的不同演繹，從溫暖的〈南山經〉出發，慢慢靠近文化核心〈西山經〉，而後經過〈北山經〉、〈東山經〉、〈中山經〉，又隨著〈海外經〉、〈海內經〉、〈大荒經〉的飄搖遠逸，形成瑰麗壯闊的神祕傳奇。

其中最特別的是〈西山三經〉，天帝、王母……重要的天神和靈獸都住在這裡，可說是超級尊貴的「西山特區」，這是閒逛《山海經》的起點，也是我在閱讀和創作各種三部曲的起點。《崑崙傳說》三部曲，特寫天帝駐守的崑崙山；《太初傳說》三部曲，就聚焦在王母掌管的玉山，掙脫現有的知識框限，穿上想像力的翅膀，奔跑到無限遙遠的未知。

《遂古之初》，就是這趟想像力旅程的出發邀約，從極東「珠列島」的一抹靈氣開始，天地萬象的脈絡、存亡興廢的裂隙、善惡吉凶的循環，以及神奇鬼怪的異變，衍生出無限繁華。璀璨的珠列島，其實是入夜後，閃爍在我窗口前、機捷沿線的成排燈色，每一夜，我在忽醒忽睡間看著晦暗中的輝煌，好像找到力量，跟著元氣淋漓的太初少女「阿畝」，帶著希望和熱情，生養一切、庇護一切；又慢慢在混亂和競爭中，蛻變成「西王母」，於苦難的天地間，和所有的生靈並肩走過災難；最後成熟為「王母娘娘」，學會節制、懂得割捨，理解平安才是最美的祝福，吹吹風、散散步，都是難得的安好。

接下來的《太初傳說》，將從《遂古之初》走向《會朝爭盟》，透過太古洪荒的玄幻傳說，看上古時期每個上神集團的選擇差異，如何影響新生代的發展。到最後，誰比誰更厲害呢？還是沒有答案。各級生靈拼命在一無所有中，為自己找出熱情和專長，盡傾所有，為更多的人打造出更美好的未來，這才是最美好的事。這樣的天人相映，慢慢梳理出人世間的自制和約束，讓不同的勢力集團守約朝盟，這就是屈原在〈天問〉裡提出來的又一個重要問題：「會朝爭盟，何踐吾期？」

而〈天問〉最後，寫到：「薄暮雷電，歸何憂？」其實就是為了告訴大家，這無止盡的探尋和追索，仍然昏昧難辨。我們浮沉在無限謎題裡，四地幽杳，宛如天黑，《太初傳說》三部曲的最後結局，就是《薄暮雷電》的理解和嘆息。通過「上古愛心樹」的成全和死亡，人會衰老、天地會崩裂，我們經歷的一切磨難，都是為了深刻明白：哪裡有愛，心就會安定在那裡。

所有流動的心，總會以自己最熟悉的方式，找到回家的路，這就是成長的摸索，和生命的滋味。

目錄

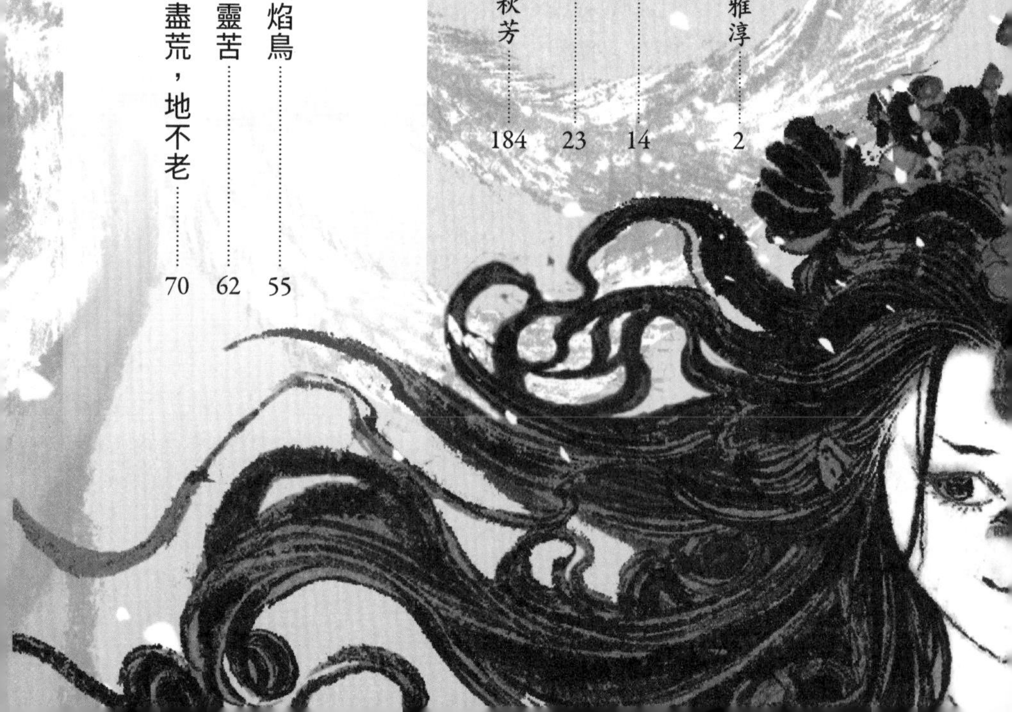

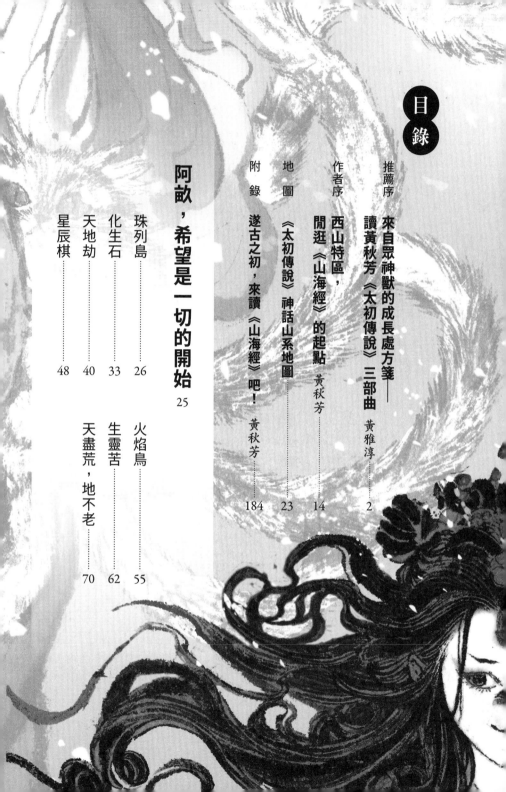

西王母，並肩走過災難 81

王母娘娘，平安是最美的祝福 135

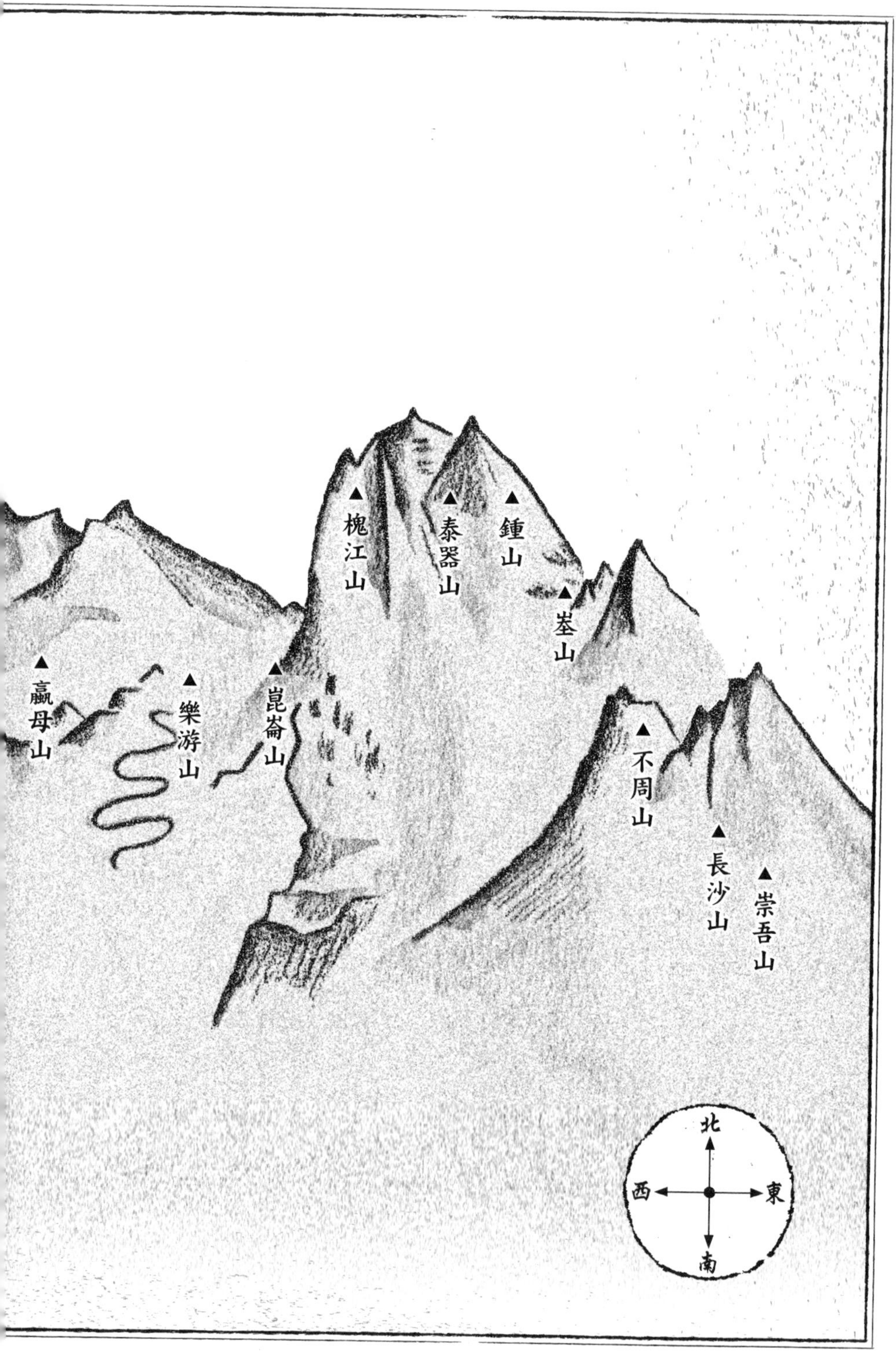

槐江山
泰器山
鍾山
峚山
嬴母山
樂游山
崑崙山
不周山
長沙山
崇吾山
北
西
東
南

《太初傳說》神話山系地圖
——取自《山海經‧西山三經》

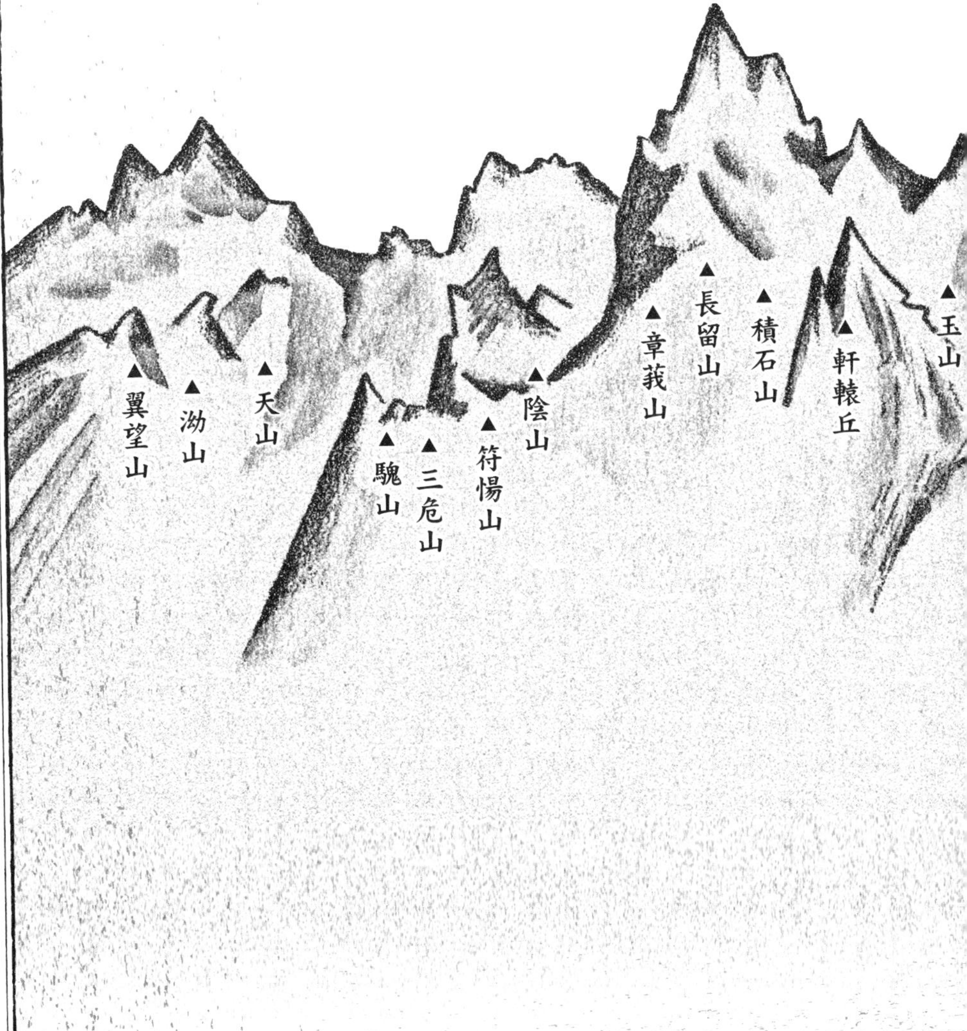

阿畝，
希望是一切的開始

1 珠列島

遂古之初，宇宙洪荒在蒙昧幽暗間翻騰、掙扎。「盤古」不惜犧牲自己，在沉睡一萬八千年後拔下牙齒，揮舞成巨斧，奮力劈開混沌；再用千萬年的強韌毅力，將天推遠、把地踏深，和天地共生一百八十萬年後，把自己奉獻給天地，雙眼為日月、淚水滴繁星、齒骨成金石、精髓化珠玉，骨血、筋脈、毛髮、汗澤都變成山林草木、海湖江河，只剩下最後的一點點魂魄，化成「燭龍」，切開時間，讓日月開始流淌，岩石有了層紋、樹木有了年輪，萬物的生滅，在他雙眼的開闔裡，開始運作了。

天地剛剛醒來，氣流驟變，日月星辰失序迷航，風雲雪霧肆虐震盪，時而冰冷，轉又爆熱，整個世界在黏稠氣流中不斷調和、重整。惡禽、猛獸、精怪、神靈……各種魂靈神識，在冥古中化育共生、糾纏征戰，天柱斷折、地溝陷裂。「女媧」補天、造人，「神農」嘗百草，「伏羲」制人文，火神「祝融」為人間帶來火種，水神「共工」賜予大家滋養生命的水源。

生活稍稍安定，水火大戰又衝擊了剛在破碎虛空中重建的四極天柱。無歇無止的拼組和崩裂，億萬個又億萬個的迥異時空，在無限裂縫中竄生出諸天萬界。

天地混沌，愈來愈寬闊，越過女媧設立的龜柱四極後，無邊的原生汪洋延伸出去，漫漫越過「土岩漿」、「烈焰海」、「冰晶洋」、「虛塵碗」……在更遠更遠的極東大荒，有幾千座浮動的小島，伏在夜暗裡，不確定的浮移著。每一個日夜循環，在清晨即將甦醒前，淨化一切的夜氣聚合著島上的靈力，開始捕捉光源，在鴻蒙汪洋上收集初醒的陽光，打破黯灰，彩虹般的色澤映著海面，水影微微顫動，彷彿兩串上下相映的成列珠鍊——這就是幾乎沒有任何生靈到得了的「珠列島」，它只在日與夜交接的短短時光，閃閃發亮。

閃爍陽光般金色的河水，從寧靜的河床上甦醒，歡愉著、跳竄著，濺著水花和閃光，彷如水簾幕後的隱密角落，有神祕的光源在輝耀。每一顆水滴閃著晶瑩透亮的光、映著彩虹的絢爛，形成斑斕的液態水晶，洋溢著無限希望，慢慢往上流，愈流愈高、愈流愈遠，帶著一種神聖莊嚴的純粹，遠遠的、高高的，攀向天際，直到視線之外才隱隱消失。

在遙遠的天外，幾千萬年來孕養濾淨的靈氣，至純、至清、至正，匯入這些往上流的金色河水，從透明的流動，慢慢變成厚實的凝膠，瑩光璀璨，不急不躁，緩緩從天際流洩下來，盤旋在珠列島鍊，撫過上千座小珠島，慢慢、慢慢又流回最大的那個島嶼，溫柔包覆起整片土地。

不知道經過幾千萬年天地靈氣的吸納和浸潤，有一股彩虹般的花團錦簇，包裹著從氣態慢慢柔軟成液態的氣息流動，慢慢聚氣、凝形，通體魅麗。因為天地冷冽，這些斑斕花色化生出漆黑油亮的皮毛，暖暖的，透出輕盈柔軟，平常繞伏在枝椏上憩息，但在隕石、冰磯、岩漿、火焰、暴雪、毒雨……這些天災驟降時，又跳竄得迅猛矯捷，有一種自信又慵懶、機警又強悍的力量。

這樣又過了幾千萬年，這股靈氣，慢慢從液態流動中，孕養出凝聚成形的神聖氣靈。她睜開透亮的眼睛，披著漂亮的豹紋，在不斷警戒、逃竄著的荒野，長出強韌的虎齒，總喜歡半瞇著眼，趴臥在珠列島最豐饒的田壟上，遠遠張望八荒九垓（ㄍㄞ）。環繞在她身邊的氣流星海，都叫她「阿畝」，畝，就是高隆起來的沃野。她喜歡這個名字，相信所有的生靈都屬於無邊寬闊的土地，狂野、熱烈、自由，遂鼓動著宇宙韻律，旋轉出生命之舞，渴望像天地一樣，也能孕育萬物、滋養所有。

時間曲曲折折，有時停滯，有時又在瞬息間，以幾千萬年又幾千萬年的速率更替著「能量流」。每一棵樹，匯聚著神靈能量，向下穿入地表流動、向上朝著星際伸展，無邊無涯的蔓生；無限的星體和土地聯繫起來，有時運轉得瘋狂強烈，石裂天驚、排山倒海，有時緩慢溫和，花開、花謝。天地風雪，源源不斷迸出變化無窮的豔彩。

阿畝一個人，張望天地萬象，探測艱危挑戰，透過長嘯，拓展聲波靈智，搜索生命痕跡。只可惜，珠列島的至清至純，實在太強大了！除了與太初共生的時空聖靈，一般生命不容易凝結。好想看看這個世界有多大啊！她每天不斷想像，是不是還有更多生命的可能？是不是只要移動，就會遇見更多、更遠、更寬闊的歧異面貌？

最後，阿畝決定離開珠列島，跟著太陽的移動軌跡，向西探尋。為了四處冒險，她找到飽含上古神能的岫（ㄒㄧㄡˋ）巖老玉做基底，以強大的意志和精緻的巧思，驅動天地靈力，吸納珠列島鍊中七座小巧的島嶼，凝鍊出七顆小珠子，串成「幻靈簪」。最重要的是，這些七色小珠，隨時可以還原成靈力強大的鮮色小珠島，在艱危時，闢出隱遁的祕密時空，藉以休整喘息。穿織在老玉髮簪上的芬芳，是她對原鄉的眷戀，也是原鄉賜予她的庇護。

阿畝穿過天地風雪，一路上，雲的低語、溼氣的凝聚、陽光的溫酥、月影的搖移、星光淬滴的溫度、日夜翻身的遞移……如一首又一首流光的歌聲，陪著她緩緩前行。

不知道經過多少時間、越過多少不同樣態的原生汪洋，阿畝直到踩上土岩漿才停下。彷彿感受到土壤的每一個分子都在翻騰，她聽得到一整個星球的呼吸，與從地心深處湧生出來的活力，當微風撥動著葉片、當葉片翻飛進風裡、當雨滴落在她的皮膚，好像天地間各自喧嚮著生命氣息，這裡唱著、那裡鬧著，彼此呼應，各自喜樂，形成繁複而根本來不及仔細傾聽的天地之歌。

2 化生石

阿畝的旅程，停留在神祕的時空皺褶。日夜混生，夜暗無邊延伸，明亮的金陽、清涼的銀月和輕盈的星星點點，光色重疊，閃爍如一襲又一襲鋪天蓋地的薄紗，洶湧翻飛。無論是飄飛的每一片草葉、潑濺的每一滴水澤，或者是迎面拂來的每一顆生命分子，都充滿創造活力，一點點就化生一切，一切又始終如一，洋溢著盎然的生機。

愈向西行，這些豐沛駁雜的靈能，隨著各種歌聲，躍動得愈是鮮活燦爛，讓她看見更多的過去和未來。世界剛剛成形，各種神能和靈命都在相互競比，爭奪著誰也不確定的未知。水火的滋養和縱恣，形成難以遏阻的衝突，女媧費心勞神的二次補天，不周山卻還是坍塌了，破損的東南大地陷塌成海洋，川河溪流的穢瑕塵埃都朝著海洋灌注下去，天空傾斜，日月星辰開始由東向西運轉，好不容易整理好的四極秩序，又被打亂。

神靈的甦醒和奮鬥，帶著各自的理想和計畫，想要為世界做些什麼，卻又不確定做出來的結果會變成什麼樣子。幽遠太初，就在這不斷的地裂天崩中，反覆的拼鬥、破壞，接著又奮力重整。這些歧生的混亂，為阿畝最初萌生的純然歡喜，注入更多的質疑和思索，也湧現出更多的熱情和勇氣，相信自己一定還可以做什麼！

世界好大啊！她仰首，呼吸著清涼的空氣，更是加快飛速，急著去靠近、去參與、去經歷一切的摸索和試煉。經歷幾百年、幾千年的飄盪漂流，她發現，自由的同時，注定了無根的飄泊，於是慢慢從心底冒出渴望，想要安定，想要更多一點點支撐。

阿畝青春時純粹出於熱情的激情守護，愈來愈需要一個家，讓她有所著力，付出一切、成全所有，偶而也可以相互依靠，讓自己休息一下。就在她胡思亂想著自己會擁有一個什麼樣的家時，剛好在深陷萬丈崖下的「裂空谷」，找到三枚靈能充沛的「凝石」和一枚可以溫養神通的「源石」，一時竟歡喜的放聲長嘯。

太古洪荒，天崩地裂，迸生出豐沛龐雜的生命本源，小部分的神靈化育成形；更大部分的微細真元，禁不起天翻地覆的輾壓，瞬間殞落；還有一些散佚的神魂靈識，找到機緣，躲進石頭裡尋找庇護。這些太古巨石，多半具有溫養各種生命本源的神祕靈能，大大小小的神、魂、靈、識，就這樣透過漫長的歲月，凝聚力量，等待安全時刻，迸出本初靈能，造就生命繁衍。遠從開天闢地以來，從石頭裡蹦出來的神靈、異獸和聖人，不知道有多少！還有一些生存力較弱的生命，模仿石頭的庇護，在誕生前，耗損靈能凝成蛋殼，藉由「卵生」來提高存活的機會。

阿畝撫摸著剛找到的靈石，無限歡喜。她知道「源石」可以孕育出神獸，如果運氣好，那三顆「凝石」也能生出幾隻靈獸作伴，這樣，她就擁有自己的家了，真好！

為了孕養這些靈石，阿畝拔出髮間的「幻靈簪」，拆下一顆黃珠子，還原成「黃珠島」，每天一早在清晨甦醒前，聚合夜氣，收集初醒的陽光，為三顆凝石注入靈能，護佑元嬰。這樣過了三百年，其中一顆凝石，凝現出獨角獸形，線條還很模糊，看不出是什麼生物，只在頭頂上冒出小尖角，樸拙的樣子很像一隻小牛。還沒見到角獸出生，她就先愛上了，每天睜開眼睛就開心呼喚：「早安！角兒，今天準備出生了嗎？」

「角兒」每天聽著溫暖的「早安」，卻「卡」在靈石裡無法回應，特別心急，好像還沒出生就先愛上熱鬧，在見到阿畝以前，就先愛上了這個溫柔的聲音。好不容易終於衝破凝石，小角獸一下子收不住勁力，滾了兩滾才站起來，晃了晃腦袋，萌萌的大眼睛盯著阿畝，她開心的笑了：「是小狗狗耶！好軟喔。」

凝石裂生，大半的生命本源還來不及定形，可以在初生瞬間，觀察、學習，而後再做選擇。慢慢的，角兒模擬著阿畝的毛色，長出漂亮的豹紋，有種神祕的「銘印」拉力，牽動著聲帶，打了個小哈欠，冒出「阿母」兩個字後，就往她懷裡撲，相信這就是世界上和他最親近的人。阿畝抱起他，親了又親，想著：這就是「家」的樣子吧！忍不住讚嘆：「真聰明，你怎麼知道我叫『阿畝』呢？」

「阿母，阿母……」角兒這隻前所未見的牛角豹紋犬，一出生就被讚美，實在太開心了！連聲又叫了起來。阿畝第一次帶孩子，什麼都不要求，就是寵他。除了覓食、睡覺，角兒整天都在玩，靠著一種神奇的天分，找出各種各樣的果實、穀物，不是為了吃，就是用來玩耍。無論花、果、枝葉、動物殘骸……隨手抓到，就扭動身體，撕打啃咬，直到四腳朝天，抹得灰頭土臉，但他毫不在意，總可以自得其樂，玩上老半天。

他跑到水邊玩水，抵著樹幹抓癢，興奮時橫衝直撞，快速衝上樹再滑落，重複爬上爬下，摔翻又跳起；悠閒時或躺或臥或趴，又或者鑽進阿畝懷裡撒嬌，讓她從心底暖起來。阿畝回想起自己成形後，幾乎都掛在高地捕捉天地訊息，努力讓自己壯大，摸著角兒軟軟的長毛，才知道活在這危險又艱難的洪荒曠野，也可以這樣天真、任性。

看著角兒胡鬧、嬉耍，阿畝常想著是不是因為自己沒有伴，才只能獨立、警覺的生存下來？會不會只要有了伴，大家互相陪伴、一起分享，心就變得特別柔軟？她開始生出希望，等孩子們長大了，可以一起努力，創造一個溫暖、安全的天地，沒有恐懼、沒有負擔，讓大家都聽著天地之歌，跟隨風雲共舞、感受日月星遞移、領略微風撥動草葉、享受生命氣息的喧響，讓所有的孩子都能開心長大。

3 天地劫

直到第二顆凝石裂生，阿畝才知道，每一種生命樣態，都帶著各自的特性差異。每一個孩子都這麼獨特，誰都有屬於自己的摸索過程，讓人永遠都猜不到，最後會變成什麼樣子。

記得「睜兒」剛出生，眼睛睜得特別大，雖然有阿畝和角兒在旁邊守護，還是東張西望，帶著神經質的警覺，只伸出半個頭，遲疑的叫了聲「阿母」，又停下來，好像必須先確定「我們是同一國的」，才能安心出生。他停頓著，思索著，終於決定和大家一樣，定形成一隻豹；接著，靜靜盯著角兒，模仿他，努力在額前伸長出一支角；又可能因為害羞，先是臉紅，後來全身都轉為嫩紅，成為一隻稀有的赤豹；最後才長出只屬於他自己的五條尾巴。

不知道為什麼，淘氣的角兒特別喜歡啃咬睜兒這五條尾巴，像是慶幸自己找到一個有趣的伴。睜兒卻總跳得遠遠的，站在角兒爬不上去的高枝上，充滿警戒的觀察著這隻獨角狗的瘋狂遊戲。阿畝笑了！也許，吵吵鬧鬧，才像一個家的樣子，不同的個性、不同的熱情，無止盡的靠近和衝突，但又相信「我們會永遠在一起」。不過角兒不明白，只能大嚷大叫：「下來，下來！為什麼你都不肯陪我玩？」

睜兒一看到每天都想玩的角兒就心煩，他有一種奇特的敏銳，知道剛降生的這個世界，其實並不安全。比起遊戲，他更喜歡盯著阿畝，靜靜學習她呼吸、吐納的規律，努力練習像她那樣迅捷活動。世界很不穩定，也許剛經歷一場雲絲環繞的暖陽，下一瞬，冰瀑就以千軍萬馬的聲勢輾壓一切。阿畝總是提高警覺，隨時在生死邊陲，盡可能搶救那些脆弱掙扎著的生靈；她看著睜兒小心翼翼的敏銳，以及立志學習的決心，更相信自己可以帶著孩子們，努力訓練大家，一起保護更多生命。

觀察著這兩個迥然不同的孩子，阿畝慢慢理解，自己的神能連通無邊天地，無論是靈視、飛行、化形、煉器……都在荒野自然中不斷蛻變、提升，不太可能複製，也不期待他們未來得像自己一樣。但是她知道，只要先教好強的睜兒打好「修煉」基礎，讓他發現靈能的活用和變化，他就會下苦功不斷進步，隨興又貪玩的角兒，自然也會跟上來。

修煉課從最基礎的「煉精化氣」開始，先學會消泯拙氣，煉出剛猛勁力；再「煉氣化神」，卸下剛勁，以柔勁使意，充實內力；最後

「煉神還虛」，煉出至柔巧勁，從周身裡外領略天地法則，創造出屬於自己的修為。睜兒很爭氣，每天一打開眼睛就提醒自己：一定要更強！要很努力，一直努力，更加全力以赴的努力！才能更像阿畝一點點。

角兒以為睜兒跟著阿畝練習，是一種新遊戲，急著擠進來湊熱鬧，沒事就跟在他們身邊依樣畫葫蘆，吵著：「我也要玩，我要一直和睜兒一起！」

也許，「好玩」才是學習的要訣吧！角兒靈能特殊，應變又快，對學習觸類旁通，總是有各種奇想。當他氣勁融滙後，進境比睜兒迅速，飛速更快、幻術更高，戰鬥力也更凌厲；睜兒不服輸，練得更勤快，角兒開心極了，以為這是睜兒在陪他玩呢！更是練得不亦樂乎。從日常嬉戲進階成對決搏殺，他們都愈來愈懂得掌握實戰中的機會。

阿歆好高興啊！兩個孩子都很用功，肯定可以在這個晦暗又不穩定的初始世界，庇護更多生命安全倖存。當了兩個孩子的媽媽以後，她不像以前那麼喜歡冒險，反而對隨時面臨艱難考驗的神靈萬有，生出無限憐憫，愈來愈深切感受到：生存，不只是純粹的歡喜，而是隨機的衍生和幻滅。只能趁孩子們還小的時候，就開始加強訓練，讓他們學會保護自己，也懂得照顧身邊更多的生靈。

宇宙的生成演化，從天地初分、鴻蒙翻新到化生萬物，反覆經歷「成劫」、「住劫」、「壞劫」、「空劫」……直到在崩滅中再度重整。散佚在各界的靈能，在蓁莽洪荒中摸索生活的可能，各級生靈的價值和選擇慢慢分歧，又在慘烈的競爭戰鬥中，生靈折損，直到在哀痛反覆中，形成不同的抱團聚落，相互協助，才形成幾個重要的上神集團。

想要在破碎中創造大一統主流威權的「黃帝」，聯合各界神靈，說服大家為生活建立必要的規範，排解紛爭、減少衝突，在共同的理想中戮力分工，實踐合理節制的「和平」理想，大家一起撐過天地大劫。

這些理想，聽起來還不錯，但是，終究限縮了個人自由。比較起來，阿畝更喜歡「炎帝」集團的生活情調，簡單、寧靜、自給自足。她喜歡在沒事時，閒逛這些不受約束的聚落，欣賞各界生靈的從容自在，像回到珠列島，讓她澈底放鬆，懶洋洋的趴伏下來，不必做什麼事就覺得開心。

還有啊！生性閒散的她，不知道為什麼，和永遠閒不下來的「蚩尤」特別聊得來。也許是因為他們都知道，世界剛剛成形，像孩子般難以馴服，在實力強大的上神離開後，只有藉著煉器，才可以運用法器，拯救更多的人，為每一個地方的脆弱生靈，搭築安全庇護。所以，她喜歡跟著蚩尤，挖掘礦山、淘檢礦脈，看他和八十一個兄弟並肩開發冶煉技術，結合體能和工藝之美，因應不同需要，為不同的生靈設計法器、修改武術，讓大家都可以在練武、煉器中，獨立、成長，同步實踐「健身」、「合作」、「庇護家園」的願望。

當炎帝決定和黃帝合作後，不喜歡受約束的「刑天」離開了炎帝集團，遷過來和蚩尤一起，他們用歡愉的歌聲，向初醒的每一天打招呼，這些生命流動的歌聲，和天地相應。阿畝跟著各種不同聚落的頂尖高手，冒出許多異想天開的煉器點子，大家團結起來，相互交流，解決問題，思考實際的執行步驟，延伸運用，不斷追逐著智能挑戰，創造出前所未有的富足生活。

有時她會想，乾脆遷過來和蚩尤一起奮鬥，可以合併成更安穩的力量。但是，當不同的上神陣營，黃帝、炎帝、蚩尤……以及更多或大或小的聯盟集團，因為相互競爭而摧枯拉朽，她便深深知道，世界上沒有永遠的安穩，總是因為這個人、那個人不同的選擇和行動，不斷在改變。活力豐沛的蚩尤集團，自主、強大，卻沒有唯一領導的想法，很像角兒，生機燦爛，洋溢著無限希望，想到哪就到哪，想做什麼就做什麼，很少做太多考慮；睜兒不一樣，他希望每一個生靈都能付出一切，追求極限，然後共享、共有，這種不怕吃苦、不在意自己的奮鬥與努力，和強調大一統的黃帝特別合拍。

連家裡的兩個孩子，都有不同的嚮往和選擇，阿畝又怎能私自決定，世界應該變成什麼樣子呢？只能帶著兩個天真、熱情的孩子，全力以赴的穿梭在凌亂世界，扶死安危，搶救更多靈能，期盼熬過天地浩劫。連角兒和睜兒的分歧都來不及整合，她當然更忙得沒機會選邊站。

4 星辰棋

角兒和睜兒跟著阿畝，在混亂脫序的鴻蒙太初，看到各種逃躲不及的天災，也看到不斷生成的神靈、仙幻、精魂、妖獸，在猜疑和掠奪中生死相搏。兩兄弟心生不忍，愈是奮力在各種不同的挑戰中鍛鍊自己，認識這個「立志要一生守護」的世界，相信阿畝所相信的：只要力量壯大到足以對大家產生震懾和約束，就可以建立秩序和規範。

這些努力，在輾轉流動著的傳說中，匯流成支撐大半生靈的力量，阿畝和角兒、睜兒的故事，凝成信念，讓大家都和阿畝一樣，相信希望，相信接下來的明天會比現在更好！淘氣的角兒和神經質的睜兒，在口耳相傳裡，變成威風凜凜的戰將「狡」和「猙」；阿畝更厲害了！變身成一路往西的神聖「西王母」，扶傷救苦。大家都相信，總有一天，他們會為天地帶來幸福。

這樣過了近千年，第三顆凝石才初現裂痕。小三兒一迸生，就急著鑽進阿畝腳下，盯著兩個威風凜凜的哥哥，安安靜靜的。過了很久，他同樣選擇定形成豹，只是長不出角，把整張臉都憋得皺皺的，使盡力氣，長出滿頭絕美的毛紋，華麗至極。愛漂亮，是他的天性，無論角兒、睜兒怎麼告訴他：「我們長大，就是要保護大家喔！」他還是不接話，拒絕煉氣、修武，也不想多管閒事，只是小心尋找安全的角落，鑽洞，躲一整天都不出聲，光顧著畫畫。他們無數次在深深的洞裡把弟弟挖出來，順便挖出好多他的畫，各種各樣在幽暗、深遠中綻現出來的華麗，美得讓人震驚，就決定叫他「窈兒」——又深又暗又美麗的小挖洞兒。

孵養這三顆凝石，看見三種不同的生命樣貌，阿畝的心，愈來愈柔軟，也愈來愈習慣每一個生靈，都有自己喜歡的生活樣貌，如諸天萬界有不同的生命風景，不需要別人指點。不過，她也知道這個溫柔的小兒子，沒辦法在亂世中存活，為了保護他，她「利用」兩個哥哥的威名，替他正名為神祕莫測的「狕（ㄧㄠˇ）」，還刻意拉開距離，全家一起遷到北荒最遙遠的隄山，找到寧靜隱密的世外桃源，沒人盯他練武，只陪他煉製各種顏料。這樣生活了近百年，雖然天氣冷了點，心情總是暖暖的，每一天都能找到不一樣的小驚喜。

難得脫離戰亂，總是冒出很多點子的角兒，撿拾了很多種子和果實，畫了好多有趣的生靈；充滿耐性的睜兒，把這些大大小小的種子和果實，黏貼成一幅又一幅畫，藉此向窈兒重述他們一路向西的故事。他們倆都有點擔心，總有一天，他們還是得離開隄山，被丟下的小弟弟，會不會太孤單呢？沒想到，隄山多馬，隄水又多龍、龜，他們跟著窈兒，繡染出華麗斑斕的毛紋和魚皮，根據睜兒的畫，編撰出更多故事，看起來真有趣。

生命的聚合，就像大自然一樣，總是陰晴變換，不可能永遠不變，真正的家人，無論選擇了什麼樣的生活，只要活得開心就好，不一定要綁在身邊。看著窈兒交到愛畫畫的朋友，找到屬於自己的快樂，阿畝很安心，帶著角兒、睜兒向窈兒揮別，準備繼續西行。沒想到剛起飛時，聽到一聲輕響，若有似無，連帶著「靈聽」神通的阿畝都不太確定；不過，「幻靈簪」的珠子閃了一下，她很確定，有人正透過天地靈氣，想辦法要聯繫她。

阿畝帶著孩子們，轉向極北，不知道飛了多久，角兒和睜兒都累了，混沌星海，還是一片蒼茫。因為不確定還得找多久，阿畝取下「幻靈簪」，拆下一顆黃珠子，化出靈力專門用來守護嬰幼成長的黃珠島，手一揮，讓兩個孩子熟睡養神；接著拿出還沒迸生、一直裝在「幻靈簪」珠子裡溫養的「源石」，安置在兩個孩子中間。愈靠近北極，她愈能感受到「源石」內部透出的激烈加熱，好像在氣溫驟降後，企圖延續生命，剛好有足夠的熱量，讓她的孩子們彼此依賴、相互取暖。

最後，她親了親兩個熟睡中的孩子，再轉身騰飛，躍進無邊虛空，在漫天星辰中摸索出方向，透過一顆又一顆星星的接遞傳送，隨著星光倏移，終於發現兩團清靈的仙氣，隨手摘著星星，在星空棋盤上下棋。她停下，安安靜靜觀棋，隨著棋盤行走，慢慢裹進星光中，才看清兩個下棋的仙靈：正在下棋的紅臉仙靈看起來很親切，就算一本正經在思考棋步，眼看就要輸棋了，嘴角也帶著微微的笑意；黑臉仙靈很嚴肅，贏了這盤棋時，冷冷哼了聲，說話聲音很輕，卻讓人覺得，好像四周都結冰了：「叫你哪來那麼多功夫種閒花、養寵物？無論下多少棋，都沒長進。」

「哎呀呀，南極多冷啊！我不在仙洞裡裡外外種點花、養些寵物，那多無聊啊！」紅臉仙靈笑了笑，向阿畝招了招手，笑瞇了眼睛：「小姑娘，來啦？累不累？說起來，你可真厲害啊！大家都叫你什麼呢？西王母？阿畝？嗯，不錯，都很不錯！」

阿畝有點意外，怎麼他們看起來這麼親切呢？來不及提問，黑臉仙靈先開口：「累了吧！這一路，等得太久了，還擔心你趕不過來，幸好你發現了星星軌跡，真聰明。」

「你們是誰？」阿畝成形以來，早期在珠列島只有自己，從沒體會過長輩的關照；後來養了三個孩子，自然就變成保護者；慢慢的，又被天地神靈視為西王母，更是努力自持，一刻都不敢放鬆。她身負至清至純的無極靈氣，強大的神能立刻探出這兩個仙靈只比她大了幾千歲，不知道為什麼，卻讓她生出一種「自己變成小女孩」的錯覺。

後來，經過了千萬年又千萬年，她有時忍不住生悶氣，早知道，當時不必太客氣。在他們漫長的生存時空，幾千歲不過轉瞬，誰想得到，這紅臉仙靈靠著刻意長出來的白鬍鬚，總是以「南極仙翁」的尊號對她倚老賣老，在每個莊嚴場合大聲嚷：「小姑娘啊！你來啦？」

也許就是因為初相識這時，他們駐守天極，眼界寬闊，渾厚的靈識和無邊星空連接起來，讓她生出幾分尊敬，自己又飛了那麼遠，實在太累了，才顯得那麼「嫩」。就算時光流逝得再遠再久，每當阿畝想起那個瞬間，她就紅起臉，覺得自己太傻了！

5 火焰鳥

阿畝記得那時站在星辰棋盤邊，紅臉仙靈遞給她一個小包裹：

「來，叫聲『南極老哥』，小禮物送你，是剛孵化出來的神鳥喔！他啊，北極星君，人家都叫他『玄武大帝』，你想叫『阿北』或『阿武』都可以。」

「南哥，武哥。」天啊！現在想起來好憾恨啊！那時，怎麼就這麼聽話呢？阿畝一點也沒有遲疑，只傻傻的問：「這是哪裡啊？你們為什麼會在這裡等我？」

「聰明，聰明！」南極呵呵一笑，為阿畝解說，她剛離開隄山時接收到的那聲輕響，是他們運用星光遞送的密訊，引出專門接收日光的島珠共振，讓她越過幾萬里前來。他愈說愈開心：「我們就想看看你啊！這一路西行，你無論是自體神能或接應天地的靈能，簡直可算是天地第一啦！對諸天萬界的牽引和影響，比你想的多太多了，我們不放心呀！就想看看你。」

「選擇在極北至清的虛空等你，是因為你跨入中土時，激盪出太強烈的感情。等在這裡，濾盡浮塵，才能接收到你原初的本心。」玄武一說，南極就拍了雙手大讚：「這才好！不枉這趟長程，洗掉天地萬界雜訊，我們才知道你竟然這樣乾淨、強大，幾乎無可侷限啊！」

「好棒！」「太好了。」「好幸運喔！」「耶！」「好厲害！」「我們也會更厲害喔！」……忽然，三顆戴著紅冠的小鳥頭，從阿畝懷裡的小包裹冒出來，吱吱喳喳搶話，歡天喜地嘻鬧著：「這樣，我們可以安心被『丟包』了。」「哇，我們要離開仙洞去冒險了。」「仙翁啊，離別前，有沒有機會要禮物？」「我想換漂亮一點的羽毛！」

「好吵啊！」習慣住在「男生宿舍」的阿畝微皺起眉，有點尷尬。角兒忠誠、睜兒堅韌、窈兒害羞，三個男孩都很好管理，忽然面對三隻愛熱鬧、愛漂亮、又愛八卦的小青鳥，一下子不知如何應付，忍不住問：「怎麼辦？」

「趕快取名字。」南極笑呵呵的教她：「名字，對青鳥有約束魔法，你一喚名，她們就會安靜下來。」

「『大鵹』，『小鵹』。」阿畝立刻點了兩隻帶著鵹黑眼珠的鳥兒；最小的這隻，眼底帶著很嫩、很萌的嬰兒青，不能再叫什麼「鵹」了，阿畝停了一下，決定叫她「青鳥」。她立刻尖聲嚷：「為什麼？為什麼？為什麼只有我沒名字？難道，老虎喜歡叫『阿虎』、豹子會叫做『阿豹』？」

沒人聽到她的抗議，因為阿畝叫了聲「青鳥」，她的聲音就被消音，總算可以安安靜靜趕路了。靠近黃珠島時，阿畝感應到角兒兜過來、轉過去的躁動，連沉穩的睜兒也滲出少見的不安，她凝神接收靈息——啊，「源石」迸現裂隙了！她加快速度，急著要趕上裂生。

來不及等到降落，大鷙、小鷙和青鳥就拍起翅膀，衝過去緊挨著源石。角兒回頭看到阿畝，歡喜的跳上半天，一下就竄進她的懷裡；連睜兒都挨過來，彷如她在，大家就安心了！他們圍在一起，盯著源石，感覺過了好久，又好像只過了一會兒，源石裂出小縫，冒出毛茸茸的頭。大鷙、小鷙和青鳥非常歡喜，大叫：「是隻鳥兒！」

初生鳥兒張大眼睛，盯住剛從星辰夜空趕回來的阿畝，毛羽跟著她的氣息，幻變成天空藍，冰冷的雪氣染著白喙；轉頭又張望三隻青鳥頭上的紅冠，慢慢從羽翼間增生出紅霞線紋，像丹頂鶴；最後掙脫出來的是單獨的一隻腿，帶著火氣，宛如從烈焰中走來，一下子燃起身邊的木椅，先是小規模的「嗶剝」、「嗶剝」燒著，很快就「轟」、「轟」、「轟」燃燒起來。睜兒謹慎，迅速拉出條厚毯，裹起剛裂生的火鳥；大鶩、小鶩和青鳥四處逃飛；角兒不怕死的往火裡衝，阿畝攔下孩子，真不知道這隻「衝衝狗」的腦子到底在想什麼？接著手一揮，熄了火焰，淡淡一笑：「至純陽火，真不愧是源石溫養出來的神獸啊！」

「嗶剝嗶剝轟轟轟，真好！一出生就有主題曲了，好棒，這出場音樂，好有氣勢唷！」青鳥吱吱喳喳的三部合唱，像在報喜訊：「剝嗶剝嗶轟轟轟，嗶嗶剝剝轟啊轟啊轟……」

「這孩子就叫『畢方』吧。」阿畝一說，睜兒就捨不得的看著懷裡的小雛鳥叫：「咦？畢方怎麼只長一隻腳？」

好吵啊！畢方有點緊張，銘印有點混亂，屋子裡充滿不確定的騷亂，三隻青鳥的嘈雜、阿畝的溫暖，以及一隻衝來撞去的獨角狗。他縮進在一團混亂中包起他的厚毯，養成對睜兒的眷戀和依賴，就算在後來的幾百年又幾百年，他們時而分開，時而一起行俠仗義，始終是彼此最親密的朋友。

調皮搗蛋的青鳥，在掙脫不掉的「名字真訣」約束下，不得不學會當「貼身小管家」，張羅這個家的日常所需，負責偵查、傳訊、運載，表現得愈來愈機敏。

慢慢成熟的角兒，不再像青春時那樣隨機衝撞，成了這個小團隊的「先鋒護衛」，學會在每一個定點停留前先勘察環境，尋找水源、辨認地質、審視危機。他的心很軟，在一路穿過橫逆考驗的同時，習慣引領著艱難掙扎的生靈，找到安全的沃野休整，而後才能靠微薄的力量繼續奮鬥。人們開始相信，只要看到「狡」，就預言了未來的五穀豐收。只是，人生的翻覆，總是有這麼多不如意，在奔逃求生的過程，一天又一天，又累又餓，所有對「狡」的期盼和等待、希望又失望，變成反覆的生活折磨。

在絕望中，光和熱很容易熄滅，痛苦的生靈忍不住抱怨，這些不切實際的期待，真「狡猾」啊！說不定他們都被騙了。角兒總是向睜兒抱怨：「好討厭，幹麼說人家狡猾？」

直到睜兒忽然離家，他才憾恨自己浪費了兄弟相處的時間；如果知道，就算是家人，相處的時間也很有限，他一定不抱怨、不訴苦，優先挑有趣的事來講！

6 生靈苦

從小就帶了點神經質的睜兒，和盤古餘留的魂魄化身「燭龍」一樣，擁有敏銳的危機直覺和沉靜的溫柔應對，彼此相應共振。阿畝在很久很久以後回想起來，不知道是運氣好、還是不好？因為一場在隕石雨後火燼風裡的偶遇，睜兒離開了他們的家。

想念，就這樣隨著離別，一點一滴，改變了彼此的人生。

那時候，容易焦慮的睜兒，不知道閉上眼睛的燭龍正凝神淨化土地，只以為他在漫天酸蝕的毒灰中受傷了，急鬆開五條尾巴，清理盤據在他身上的毒灰燼，沒想到，自己反而中毒了。燭龍有點傷腦筋，也不管睜兒怎麼想，直接把他帶回「鍾山別墅」祛毒。睜兒醒來後，急著想回家，燭龍卻說：「你的身體裡，藏著隱微又狠戾的『獰』脈，看起來很寧靜，其實慢慢會吞盡靈明，如不澈底馴化，長期接收陰暗能量，累積、放大，時候到了就會化成戾氣，和天地共振、相生，很難鎮服。我已通知阿畝，暫時就讓你待在這裡，等馴化了這些戾氣再回家。」

「暫時？到底是多久呢？」那時候大家都沒想到，睜兒在燭龍身邊，會待上這麼長的時間。每當燭龍休息時，睜兒就會張開五條尾巴，幫燭龍漫長的鱗體，清理出不知道累積了幾千萬年的塵穢。燭龍太古老、也太龐大了，感受不到「除塵」後微細的改變，倒是夾纏在塵穢間的太古氣息，隨著這五條尾巴的絨毛，長期滲進睜兒體內，給了他清理邪祟的神能。直到好久好久以後，睜兒離開鍾山，才知道燭龍身邊的太古時間移動緩慢，這一待，天地運行了幾千年，他對這個世界的理解都脫節了。

他在尋找阿畝時，一路透過薰染在血脈裡的上古氣息，辟邪除祟、守護大地，慢慢形成嶄新的民間傳說。人們開始相信，「猙」是上天的使者，可以常保平安，讓他更加珍惜燭龍為他化去藏在身上的暴戾之氣，否則總有一天，到了他無法控制自己、變身「猙獰」時，破壞力無從阻擋，不要說阿畝不可能原諒他，連他都會討厭自己。

有一天，他在除火祟時，遇見正在壓制大火蔓延的死黨畢方。他們聊開了，才知道人們不喜歡畢方，總以為他出現的地方必有大火；其實，是因為他和火靈聯繫緊密，才有足夠感應，在第一時間趕到現場，想辦法滅火。阿猙好心疼啊！幸好，畢方從不把別人的毀譽放在心上，只淡淡說：「我們做的事，都是在實踐自己的信念，不需要向誰解釋。」

「是啊，阿畝常常這樣說。」阿猙笑了，慶幸彼此在最好的時刻重新相遇，才能這樣自信、又這樣尊榮的相信，自己的存在對世界有意義。他們交換著久別重逢後的際遇，阿猙驚奇的發現，在他缺席時，「盤古」、「女媧」、「伏羲」、「神農」、雷澤雨電……好多遠古神都隱遁了；「蚩尤」、「夸父」、「刑天」、「應龍」……無數逆轉宿命的英雄抗爭成為傳說；阿畝一路往西扶傷救苦，已然是眾所皆知的「西王母」；妖族至尊「東皇太一」收服妖族，創立仙、妖、靈都能平等共存的「天庭」，為好多倉皇奔逃的小靈體帶來希望。

「黃帝」統領著神能強大的天地各界，全力在重返混沌蒙昧的無盡黏纏中，重整秩序，強調激戰痛苦之後，最需要清靜、無為，讓生靈自在安居，天地才能安寧。當他在歧山遇見「歧伯」，兩個人歸納出重整混亂現世的最基礎準備，就是「醫療」——把疾病的病因、診斷以及治療，化成簡單、精妙的「歧黃之術」，利於各界生靈修煉，藉以對抗惡劣環境。

「真的嗎？不是真的吧！」阿猙張大眼睛，興致盎然的聽著畢方「講古」。畢方白了他一眼，淡淡說：「就說了，這叫『上古傳說』！傳來說去，誰又真的看過了？據說啊，在時間皺褶裡，天地古今，幾度往返，也不知道在這時間來來回回之中，有多少人事物，是確定不變的。」

「我相信阿畝不會變！」阿猙一說，畢方忽然回想起，那一段漫長的爭戰歲月，阿畝曾經指派他跟著鑽木取火的神人「阿燧（ㄙㄨㄟˋ）」，帶著火種，飛過遼闊荒野，在每一個角落傳授火種的運用和保存，在寒天凍地中，為大家開鑿溫暖的生存機會。阿畝一直喜歡炎帝，也和蚩尤相知相惜，但是上神對決時，慘烈的激戰席捲天地，在僵持到最後的關鍵時刻，她要求畢方守護在黃帝的蛟龍戰車旁，將征討四方的鬼神封鎖在泰山。阿猙吃了一驚：「阿畝決定的嗎？為什麼？她加入黃帝陣營了？」

畢方搖搖頭，連自己都不知道，到底他們站在哪一邊？只能慢慢回想：「阿畝說，自由讓人嚮往，但是在災難之前，需要一點點『權威壓制』的限縮，以及充分運用僅有資源的『集體分配』。」

「什麼意思？」阿猙歪著頭，一時沒聽懂。畢方拍拍他，嘆了口氣：「你沒看到，為了維護自由，大家各展神通。好多低階靈物，對抗不了這些殘酷的競爭和考驗，以驚人的速度灰飛煙滅，阿畝怎麼忍心讓這些爭鬥延續下去呢？」

「阿畝沒有錯，她的選擇，都是為了讓更多生靈存活下來。」阿猙悶悶應了一聲，想到與世無爭的炎帝、慘烈死亡的蚩尤，以前無憂無慮的心忽然一刺，好像那個純真的「睜兒」不見了，不再有機會張著眼睛，無憂無慮的東看看、西看看，此後他就只能是長大的「阿猙」了！帶著疼痛、遺憾，回想曾經遊歷過的極北、東荒、西野、九黎、三苗、南角……每一個自由自在的小天地，都藏著好多神能強大的生靈啊！才華洋溢，帶給大家驚喜，這一切的簡單和美好，再也回不去了！他接受了，但還是很難過，只能苦笑：「想起來，真有點悲傷呢！」

「是啊！」畢方吸了吸鼻子，難過時他總不太能夠控制火焰，連鼻孔都噴出幾縷火苗。阿猙撐起笑臉安慰畢方，更像在安慰自己：「阿畝不忍旁觀這毀天滅地的苦難，確知誰都不能置身度外，最後才選擇大一統的秩序，對吧？」

「你的笑啊！比哭還難看。」畢方拉著他的臉頰，忍不住打趣：「別太擔心啦，還是有一些獨立勢力，努力在守護自由的小角落。你認識『白澤』吧？哇，這小子是天才中的天才，沒有半點武修，卻憑著智識和幻術，攔下黃帝集團，獻圖，幻演天下，為驚天動地的上神決戰畫下句點。」

7 天盡荒，地不老

畢方不像那群青鳥那麼愛八卦，不過，他講的故事，還是讓阿猙聽得目瞪口呆。太多的鴻蒙災荒，以及不同陣營、不同選擇形成的殺戮懼怖，讓天地靈能扭曲緊縮，災厄從每一個脆弱的縫隙迸裂。為了讓大家在洪流中喘一口氣，天帝放下當年不滿「鯀」偷「息壤」的舊怨，讓鯀的兒子「禹」，帶著息壤接棒治水。禹在治水時路過塗山，那是九尾狐世代安家的小角落。

水火大戰時，狐狸本來和水族結盟，因為他們怕火、不怕水，但是，鋪天蓋地的洪害，掏空了山靈，家園被毀，他們終於相信，天下大亂，誰都不能倖存。為了盡快恢復生活秩序，狐族公主「塗山嬌」自願跟在禹身邊，一起為整治混亂做幕後補給。

火燎(ㄌㄧㄠˇ)、水潦(ㄌㄠˇ)，總有那麼多難題需要解決。塗山嬌和禹志趣相合，一起工作久了，就成了家。青鳥替阿畝送來新婚賀禮，是一顆精巧透明的心喔！塗山嬌接了過來，捧在掌心，透著光，還可以看得到自己的手掌。她很驚奇，忍不住問：「這是什麼？」

「蚩尤做的小藥盒，裡面藏著希望。」青鳥一向多話，又熱情的接下去：「阿畝說，家園重建，天地大安，是一條漫長辛苦的路。在最疲累最絕望時，不要忘了，還有希望，可以療癒一切。」

「希望？療癒……」塗山嬌一愣，想了一下，又笑彎了眉眼：「喔，原來是阿畝對我們的鼓勵！這顆心做得真漂亮！謝謝，請轉告阿畝，我們接收到她的心意了，一定會好好珍藏。希望本來就是不可捉摸的，只能掌握在我們的手心裡。」

「不是啊！這顆透明的心只是藥盒，最重要的是裡面的『希望』——」青鳥還急著要解釋，賓客又來，塗山嬌急著接待，便順手把禮物交給妹妹「塗山姚」，很快自顧自忙去。婚禮很簡單，參加的客人都是治水團隊，幾乎變成一場工作會報。禹沿著水路一路施工，塗山姊妹隨行支援，她們感情很好，做事又極有效率，為整個工地提供後備援助；堅韌苦行的應龍也趕來幫忙，以尾巴劃地，崩山裂谷，引導著長著鳥頭、又拖著蛇尾巴的「旋龜」填平鴻溝，一路整脈開河，引水入海，為滔天的洪水找出疏導的去路。

就在大家全力和水患拼鬥時，誰也沒想到，開鑿「轘轅關」的靈力牽引過大，震波延伸出去，竟石化了前來送餐的塗山嬌。禹拼盡神能，裂開巨石，從中搶救出兒子，取名叫做「啟」。這次的意外傷亡慘烈，只是諸天混亂、百廢待興，誰也來不及悲痛，塗山姚很快就接手照顧在這次靈亂裡失親的所有孩子們。後來，人們把塗山嬌住的地方取名叫「太室山」，塗山姚的所在則叫「少室山」，感謝她們給了這麼多孩子溫暖的庇護。

日子在艱難中掙扎前行，各界傳來的信息，都是無法解釋的廝殺和吞噬，彷如渾沌反撲。好不容易蘊蓄累積的神能靈明，在渙散拆解中，慢慢還諸昏暝，靈識相互吞噬、殺戮，天地進入不算極惡、卻又讓人疼痛心碎的「天荒時期」，到處都是破碎的家和無助的孩兒。

「天荒盡孤」，就是這個世代的標識。

塗山姚敏銳的注意到，惡意不斷擴散，到處都傳來悲傷的信息。少室山的孩子們卻如常打打鬧鬧，每天一早急著去探險，整座山像個圓形的穀倉，草木繁密茂盛，可以吃、可以穿，還可以滿山攀爬、追逐、玩耍，到處洋溢著笑聲，從不爭鬥。

她跟著孩子們的行跡認真查找，發現一大片「帝休」樹，葉形像楊樹，尖尖的尾翼飄飛著，如在風中畫著一顆又一顆愛心，樹枝交錯伸展，開著黃花。孩子們摘了樹上的黑果子吃後，心情特別寧靜，很少發怒，發生再大的衝突，一笑也就過了。

她又找到一種長得很像獼猴的「鯑魚」，白色的腳有公雞般的長爪，腳趾對生，只要對準勾住，很容易捉到。吃了就不受毒熱惡氣侵襲，還能抵禦兵器傷害，最重要的是，吃多了，人會變得很簡單，比較不會疑神疑鬼，最適合解決「天荒時期」的慘烈爭戰，讓大家卸下敵意。

於是塗山姚開始積極的訓練啟，讓他集結所有的夥伴，編練強勢的護衛隊，護持少室山。當孩子們學會守護自己的家園時，每個人都懂得，在承擔中體會責任和付出，這就是長大的美好。

卸下對孩子們的牽掛，塗山姚離開少室山，四處遊歷。她分析各種信息，尋找最有效的合作夥伴，找到從靈山出谷、深入民間救死扶傷的「巫彭」醫療團，分享「帝休」和「鯑魚」的重大發現。他們相互討論，毫不保留的交換意見，慢慢推論出天荒的恐怖血腥會吞噬記憶，在意志脆弱時化成夢魘，侵蝕靈力，稍不留意就以倍數膨脹的懼怖，吞噬一切，即使是最親密的家人朋友也無從阻止。最後，巫醫團以「帝休」和「鯑魚」做基體，摻入古老的醫療巫靈，聯手研究、再製，迅速提煉出高密度的靈丹。只是，儘管做了幾千次的調整，每一次試用，總看不到明顯的效果。

「帝休和鯑魚的藥性，可能只在少室山的水土蘊養中才能作用。」

從統治巫界數千年的靈山出谷，領著幾個志同道合夥伴，不斷在救難

扶苦的巫彭，慢慢向大家推論：「靈智調養，本來就因應心性本質和成長背景，各有歧異，再加上心智途徑沒有必然趨向。也許，是因為日以繼夜的天地大能，才壓下惡意，催動了人性裡的溫暖和平。」

「接下來該怎麼做？是不是要加上對天地水土的研究？」凡事講究策略和規畫的新生代小領袖「巫履」，立刻提出嶄新的研究方向。極有天分的「巫陽」呼應：「是啊！我去少室山看看，說不定可以找到一線希望。」

「希望？」塗山姚一聽，靈想觸動，立刻從指尖的乾坤戒裡，翻出一顆透明的心，急著說：「我這裡有一顆！」

「這是西王母送我大姊的賀婚禮，說是蚩尤做的小藥盒，裡面藏著希望。」她的掌心裡，捧著一顆透明的心，看起來什麼都沒有。巫彭接過來，運起「通天巫視」謹慎審查，還不忘提醒大家：「王母？

蚩尤？嗯，他們兩個聯手，絕非凡品。」

塗山姚看著他的表情，相信這顆心一定藏著巨大的靈力，拼命回顧著當時的線索：「以前我們總以為這是一種祝福，提醒我們：希望不可捉摸，要努力掌握！現在想起來，阿畝還特別交代，在最疲累、最絕望時，希望可以療癒一切。是不是代表這裡面，真的有神奇的藥？」

經驗豐富的靈巫集團集結起來，當然比塗山姚更快解開這顆透明心的謎題。他們發現，蚩尤不知道用了什麼機巧，從中土的「接天神木」、東海的「扶桑神樹」、南荒的「梧桐神樹」、西野的「菩提神樹」和北冰的「芭蕉神樹」，引出天地靈根，以五味的「酸」、「苦」、「甘」、「辛」、「鹹」，中和了湧動的「怒」、「喜」、「思」、「悲」、「恐」這五志；深入五臟，安撫「魂」、「神」、「意」、

「魄」、「志」；再藉由五棵遠古神樹，接引天地生機，從五行到五化，融匯有形的「木」、「火」、「土」、「金」、「水」，直至無形的「生」、「長」、「化」、「收」、「藏」。

為了逆轉五化，巫醫團耗盡所有巫力，終於把這顆透明的心，從無形的「藏」現出「收」的靈氣，慢慢「化」形，「長」出微透明的小樹。小樹伸著、長著，慢慢化為微細的煙氣，緩緩騰升，和天地間的靈氣連結起來，滲進土地的深褐溫潤，旋出晶瑩透亮的水滴，有神祕的光源在閃耀，映著彩虹的絢爛，如斑斕的液態水晶，洋溢出無限希望，慢慢往上流，愈流愈高、愈流愈遠，帶著一種神聖莊嚴的純粹；又從天際匯入一股至純、至清、至正的靈氣，溫柔包覆起他們以帝休和鯑魚做藥引提煉出來的高密度巫藥，隨著接天、扶桑、梧桐、菩提和芭蕉的形影，交錯搖曳著，促成最後的轉換，無限「生」機融進川流、水井。隨著「希望」流域的擴展，八荒九垓，慢慢降低了靈智失控的衝突和殺戮。

「總算，天地慢慢安定。」畢方說到這裡，嘆了口氣，不知道是替遠逝的蚩尤難過，還是深深感謝著阿畝和蚩尤的努力，只記得在世界重建時，他們在蚩尤的「枷鎖楓林」裡站了好久，那時，風好冷，阿畝仰首向天，淡淡說：「天盡荒，地不老，生活留了點希望，就好。」

西王母，並肩走過災難

1 無形疫

所有的故事都像魔法，只要說了出來，就會在我們生活著的時空中，形成不可撼動的真實。無論我們是不是真的經歷過，都會在心裡種下一顆「記憶的種子」，隨著情緒渲染，慢慢抽芽，長出每個人各自想像的生活樣貌。

離家太久的阿猙就是這樣，那個簡單快樂的家，因為自己的缺席，裝進太多說不完的擔心、混亂和焦慮。他恨不得立刻補足所有記憶、塞滿時間裂縫，只能不斷催促著畢方：「還有呢？後來又發生了什麼事？」

「在災難之前，誰都沒有絕望的權利，各界生靈，不顧一切奉獻所有，拼命在搶救無助的孩子。孩子，才是我們共有的未來。」畢方開始回顧起這段充滿希望的奮鬥，每淨化一塊土地，重建一個又一個莊園，大家都好高興！只是，世界好大，靠近任何蠻荒，都伴隨著慘烈的冒險和犧牲，這樣緩步淨化的速度太慢了，醫療團找上畢方，想著他曾帶著阿燧的火種，飛翔在天地間播灑，期盼他擔任先遣部隊，替大家火焚厄癘。但直到他開始清理蠻荒時才發現，靈丹碰到陽火，也跟著燒盡了，大家捨不得這些提煉不易的靈藥，畢方只好停下他的工作，他無限惋惜：「可惜沒幫上忙。這可是我的親身經驗耶！是我從來沒和任何人分享過的獨家內幕。」

「這麼慘的故事，有什麼好賣弄？」阿猙打了下他的頭，畢方立刻懺悔：「是喔，我錯了！唉，那時死傷的人可多哩，土地靈能都枯竭了。很多人都說，天荒，地老，生命都到頭啦。」

隔了一會，畢方又打起精神：「幸好阿畝說，天荒盡孤，並不是代表悲傷，而是生命延續的希望。只要有前行者願意匍匐在土地，化做滋養，孩子們就有足夠的希望，可以繼續前進。」

「真的！我也常聽燭龍說，天荒地老，重新又『成住壞空』，這就是天地不絕的循環。」成長期間一直帶著點神經質的阿猙，和燭龍生活久了，對時間的整體觀察更敏銳了：「鋪天蓋地的災難，是必然的『天劫』。土地盡毀後，生命不會滅絕，我們付出生命做代價，讓重新站起來的新生代，在孤絕痛楚中，活得堅韌又強大。」

「是喔！等我們回到家，不知道家裡會變得多熱鬧呢！」畢方振作起來：「聽說阿畝現在收容的孤兒愈來愈多，怎麼算也算不清啦！幸好三隻青鳥除了碎嘴，辦事倒很牢靠；愛撒嬌的阿狡，聽說只要阿畝不在，就把每個小孩管得死死的，可兇著哩。」

「阿畝不在？奇怪，她怎麼可能丟下家裡這麼多孩子？去哪？」阿猙懷疑自己是不是離家太久了，連阿畝都換了性格？畢方嘆了口氣說：「阿畝去哪裡，真沒人知道。」

「我不信。」阿猙很不服氣，憑什麼他一離家，世界就變了樣子？畢方搖頭，要不是阿猙拼命催促，他可真不想再想起這些恐怖的往事：「唉，你不在的這些時日，真的發生太多事了！」

記得啊！「英招」聯合崑崙神域的各界神靈，付出驚人代價，好不容易才殺了凶神「相柳」；爆裂開來的屍腐脂油，傳衍成疫癘，「霜神」和「雪神」聯手冰凍屍首，也沒能遏阻災禍，屍身化成無數條蛇，到處侵襲；血水流過的地方，萬物凋零，混進土泥間形成劇毒沼澤，無論大禹如何耗力填土，都塌陷了。那些時光，像混亂的碎片，發生了什麼事，畢方都不太能夠想起來了，只記得阿畝帶著大家，四處趕場。阿狡救人；青鳥遞送物資；他揮著火翼，連續在疫區焚燒九十九天。所有感謝阿畝的生靈，全都靠過來，大家同心協力，每個人都忙到天昏地暗。

好不容易災難平息，又過了幾十年吧？畢方慢慢回想，有一天，白澤提了個精巧的「翡翠蜈蚣燈」，牽著兩個長著羊腳的雙胞胎來找阿畝。一見面，他們就圍起神祕幻術，明明看得到，卻怎麼也看不清楚，只覺得四周的氣流像極了相柳時期的癘氣，難免引起大家注意。誰也不知道他們在商量什麼？白澤離開後沒多久，阿畝就帶著翡翠蜈蚣燈和那兩個可愛的孩子，消失了好幾個月。畢方說：「好奇怪喔！白澤自己有孤兒莊園，為什麼還把孩子交給阿畝？阿畝收留了好多孤兒，為什麼這兩個雙胞胎就不能和大家一起生活呢？說真的，你不覺得這太奇怪了嗎？幾千年都過去啦！還真不曾再見過他們。」

「這麼久以前的事，太難想了吧？別想啦！回去再偷偷問青鳥，她們最八卦了，這麼漫長的時間你都不在，搞不好她們早就調查出結果了。」阿猙搞不懂，幹麼無緣無故扯這麼遠？畢方也笑了：「她們不可能轉行當偵探啦！現在都忙翻了。」

「是沒事瞎忙吧？」阿猙嘲笑：「青鳥的勞碌命，多半都用來八卦。」

「好懷念那些八卦時間喔！唉，小時候，真的好開心啊！」畢方笑了起來：「阿畝總是保護著大家，從沒讓那些天地混戰影響我們的生活。現在長大了，都沒時間八卦了。」

他從腳上的乾坤環裡抽出「天下疫病圖」，向阿猙解說：「你看，中土這裡一片灰黯。天地靈能，本來就被太多的鴻蒙災荒，衝撞得殘破不堪；天荒時期的殺戮懼怖，盤旋成魔，催生出各種疫氣；間歇不斷的衝突，又壯大了隱微破碎的邪穢。這種無形的疫氣，遇到神能逼近，就自然消散；神能散開後又迅速聚攏，比相柳這種隨時可以追捕的邪靈，厲害太多了。」

「天哪！日子怎麼這麼難熬呢？」阿猙抱頭，腦袋裡亂哄哄的，是不是關在燭龍身邊太久了，跟著也變老啦？怎麼他所知道的這個「世界」，每個瞬間都在推翻既有的安穩？就在不久以前，他想像的「外面」，還有數不盡的新鮮有趣，現在卻只聽到一大堆又一大堆無法想像的麻煩。好想回到阿畝身邊，重新做一個簡單的孩子啊！他忽然大吼：「啊……別想了！快睡，明天一早就回家。」

2 回家路

「好想知道，大家現在都變成什麼樣子了？」畢方和阿猙相互偎靠著，強迫自己瞇上眼，卻因為想念，幾乎一夜未曾入眠，他們兩個都第一次發現，原來這麼渴望回家。天稍亮，畢方在自己的天空藍毛羽間，拔出帶著紅霞紋的一片火羽，囑咐阿猙，一起注入靈息，阿猙奇怪的問：「幹麼？」

「天地靈能都太混亂了，所有的信息交錯摺疊，我們很難找到阿畝在哪裡，只能竭盡靈能，標出自己的定位。火羽是由南極仙翁靈能轉印出來的紅霞線紋，阿畝當年剛從星辰夜空趕回來，青鳥身上還洋溢著流動的魂靈，剛好在我出生時被我吸納進來。」畢方一邊解釋，一邊翅膀一揮，火羽瞬間化成一抹靈焰，高高的、高高的飄向晴空，他盯著最後一點點火訊，非常肯定：「我相信，無論多遠，阿畝一定感應得到，很快會找到我們。」

沒多久，阿畝在眾神靈忙碌重整的離亂現場，收到一縷細細的、幾乎都快散開的火苗。她伸出手，指尖接繫到這抹煙色，煙慢慢的落在她的掌心裡，形成一片漂亮的火羽，輕輕吹一口氣，隨即化為細絲，細細的，連繫到更遠更遠的地方，隨著這一縷幾乎快斷絕的焰氣，很快找出了阿猙和畢方的定位。她微微笑了下，兩個離家很久很久的孩子，想要回家了！隨即喚來青鳥，把這抹靈燄拂向青鳥的頭羽，一會兒後，青鳥眼中浮起一縷細細的、幾無形跡的紅絲，藏著畢方和阿猙的氣息，她立刻一振羽翼，迎風飛起，遠遠從風中傳來笑聲：「走啦！我去領他們回家。」

隨著青鳥頭羽上的靈燄愈來愈紅豔，畢方的火羽也蓬蓬飛揚。他一把拉著阿猙，迫不及待帶他騰身飛起，很快和青鳥在空中會合。回家的路就是這樣，一秒鐘都等不及！即使一夜沒睡，他們還是熱情的往前飛，直到踏進家門，看到滿屋子交錯擁擠的神靈形影，又急又吵，一時還以為走錯地方。

寬闊的天穹，浮游著薄薄的「玄天雲」，依據山川陵谷，展現出各種不同的顏色，鋪現出一大片地圖，鮮活靈動的線條，透過斧劈般的堅挺硬朗，以及披麻般的鬆軟流形，依循輪廓線描摹出量體和質地，在不斷調整、修正中，傳遞大量的信息和情緒。來自各界的神、妖、仙、怪、精、靈……占據地圖四周，毫不保留的交相討論，大家在殘破中相互支撐，拼命修護、補位。阿猙在玄天雲圖中，認出好幾個以前阿狡帶領大家駐留的漂亮河谷，奇怪？地圖上再看不到鮮嫩的油綠，而是帶著點焦黑的慘褐色，還有好多最適合生靈生存的土地，都被摧毀了。

「你看！這隻長得像牛、有顆白腦袋的怪獸，叫做『蜚』。」畢方拉著阿猙，憂蹙著臉，爪子滑過雲圖，拉出行經路線：「太山這裡，最先發現蜚造成的慘烈疫情，大片最適合生靈居住的水岸，都被破壞了。他頂著一隻超大的眼睛，拖著蛇尾巴，掃過水邊，水就乾涸；覆過草地，草就枯竭。好可怕啊！」

「是啊！」青鳥湊了進來：「你們還不知道吧？當人們逃進山丘，以為安全了，剛想喘一口氣，硜山又出現『絜鉤』，這隻長得像野鴨子的怪獸，擅長爬樹，拖著長長的老鼠尾巴，在林間散播疫氣。疫情隨風飄散，逃無可逃，比你們想像的還慘啦！」

「最恐怖的是，瘟疫一旦蔓生，就是全面攻陷。以前不太能夠住人的旱地，現在也擠滿了逃難潮。」大鶖趕著來看他們，忍不住又補了幾句：「瞧，這裡是樂馬山，不知道怎麼搞的，也跟著出現了長得像紅刺蝟的『𤟤』，火焰般的毛色像引信，瘟疫燒起來，簡直就是煉獄。」

「是啊，煩死人了，你們看！」小鶖也擠進來，觸碰著雲圖上不斷聚攏又變形的標示：「復州山的『跂踵』更像夢魘，貓頭鷹的身形拖了條豬尾巴，長著讓人毛骨悚然的爪子，隨便一伸，孩子們就連夜作惡夢。」

「這些怪物，力量這麼驚人，應該都是神級異獸吧？」畢方發出吁嘆。阿猙笑了：「你才是啊！我們在等你裂生時，阿畝常說，你是源石溫養了一千多年的神獸，一定很強大。」

「是嗎？」畢方有點意外，也有點不好意思，他從來不知道阿畒這樣肯定他。在這個吵吵鬧鬧的家裡，他不像阿狡那麼能幹，同時又那麼會撒嬌，所以和阿畒特別親近；也不像三隻無厘頭的青鳥，每天搞不清狀況，瞎開心，大家都喜歡她們；唯一熟悉的死黨阿猙，又莫名其妙消失了。在這漫長的歲月，他埋頭和大家分頭搶救生靈，在凍土裡挖出一大群被冰磯碎石活埋的孩子們，煽起漫天大火，為大家融掉冰雪，恢復暖暖的生機，只要能在每一雙驚慌的眼睛裡看見希望，就特別開心！只是，回到家，看青鳥和阿狡繞著阿畒玩在一起，他就覺得自己很寂寞，才總刻意挑選遠方的任務，和大家的距離，拉得愈來愈遠。

「阿畒喜歡我嗎？」不知道為什麼，畢方忽然冒出藏在心底的祕密。阿猙靠著他，想起在燭龍身邊時，腦子裡總幻現出那麼多平淡生活的畫面：角兒啃咬著他的五條尾巴，阿畝教他呼吸、吐納，青鳥亂搞笑。他曾經和畢方一樣，特別羨慕阿狡和青鳥，他們怎麼可以和阿畝這麼親密？直到距離拉遠了，想起阿畝笑著和阿猀說再見後，轉過頭落下的淚，他才這麼確定：「喜歡！阿畝就是這樣，希望每一個孩子，都找到自己最喜歡的方向，自由去飛。」

3 太平圖

阿猙想通了，他和畢方，從不像阿狡和三隻青鳥那麼直接的表達感情，卻在天遙地遠的時空隔閡之後，清楚看見自己對於家的想望，以及無邊無涯的戀念。原來，有一個家，享受著所有無謂的爭吵和那些亂七八糟的打鬧，是一種幸福的禮物。尤其在安安靜靜的燭龍身邊，自己最常想起來的，竟然是原以為「早就煩死了」的青鳥，和她們此起彼落的吵鬧，像現在，三隻青鳥神祕兮兮的壓低聲音：「嘿，知道嗎？大家都在謠傳，『魔界』現世了！」

「你們猜，這些怪物會不會真的是從魔界來的？」小青鳥才說，就有一隻手伸過來，揑住青鳥的嘴。她奮力掙扎，尖聲嚷，又發不出聲音，只聽到阿狡不慌不亂的教訓：「又在製造騷動了！忘了阿畞說的啦？世界上哪有魔界！天地萬物，聚則成形、散而為靈，無論神、仙、妖、怪、精、靈、魑、魅……都是生命靈能的聚合，那些名稱上的差異，反而成了多餘的區別。」

「知道了，知道了！」青鳥從阿狡手中逃出來，配合大鵟和小鵟，用三部合唱的聲勢輪流宣示：「不是說過一百遍了嗎？只要形靈各安其所，天地間的每一片草葉、每一滴水澤、每一顆生命分子，彼此相關。一，會化生出一切，一切又將如一，雖有強弱，其實不分高下，只要相互尊重，就是太平歲月。」

「沒錯，記住喔！魔不是物種，而是一種狀態。」阿狡鬆開手，再一次交代：「當生靈獲得強大力量而無所節制，一旦妄為無忌，就會著魔。」

「所以，魔可能是妖、是精、是人，甚至是仙、是神？」畢方聽著，湧出好多疑惑。而阿猙一聽就懂了：「嗯，神仙著魔，也不算太意外。」

「我們剛經歷水澤的蜚、森林的猰貐，很快又隨著火焰般的猈，籠罩在恐懼中，接著又陷入來無影、去無蹤的跂踵夢魔。」阿狡有點擔心：「不知道以後的生靈，還會遇見什麼樣的挑戰？」

「好啦！」青鳥的小尖嘴，嘟得更尖了：「說夠了沒？阿猙剛回家耶！這些沒完沒了的擔心，還給『睜兒』那個小老頭吧！你都忘了原來的自己有多可愛嗎？我們好想念那個整天只想玩的『角兒』啊！」

站在旁邊的「小老頭」阿猙，一下子就被逗笑了！是啊，還記得角兒有多頑皮嗎？總是闖禍，每一次都牽連到大家，到最後，又總是在三隻青鳥又急又氣的告狀聲中，火速逃離現場。他握起拳，輕捶了阿狡的肩，笑了笑：「別擔心，我們都懂。生命總是在不斷進階中推翻，又在無止盡的災難中安定，不知道得經過多少疼痛，我們才能學會節制。」

「是吧！這不就是小老頭最習慣的說教嗎？你不在，這工作都讓阿狡搶走啦！」大鷲一說，大家都笑了！連畢方都生出感慨，是不是家就是這個樣子？無止盡的衝突、說不完的想念，無論人在哪裡，只要有家人，就洋溢著最熟悉的味道，無論講了什麼，總是這麼親切！一時，他也跟著唱反調：「明明到處都洋溢著慘烈的魔氣，為什麼這幅圖偏偏叫做『太平』？」

「我們所有的努力，就是為了太平啊！」常在各地巡送物資的青鳥，自認為最了解各地疫情，白了畢方一眼，理所當然的搶話：「誰叫你們不早點回來！要是對照以前的玄天雲圖，哇，你必定得承認，現在啊，真的太平多了。」

「確實！大家真的很努力。」阿狡點點頭，領著畢方和阿猙，查看玄天雲圖，同時也把他們缺席時發生的事，盡可能做了介紹。上神決戰後，好不容易安定一些；天荒時期又吞噬了大半靈能；面對鋪天蓋地的瘟疫侵臨，不同的靈能集團，都學會放下競爭、纏鬥，全力以赴的解決問題。巫醫團深入荒野，濟難救病，集結各方研究，反覆分析整理；塗山姚整合塗山和青丘的狐族靈魅，庇佑生靈繁衍；神祕莫測的白澤，創建了一個幾乎沒人親眼見過的孤兒莊園。

畢方和阿猙回家以後，才發現阿畝拆開「幻靈簪」，重建了七座靈氣環繞、不受干擾的珠列島，收容大量孤兒、難民和病人。因應七座珠島的不同需求，所有的生靈發揮出各自的獨特靈能，積極投入救難與護生，大家都深刻感受到，真正的太平圖，不是漂浮在半天的玄天雲繪，而是從聽到的故事裡，拼組出來一幅又一幅的畫面。

一個又一個不同個性的天神異獸、一群又一群不同靈能的神巫集團，彩繪出最絢爛的記憶，無論承受多少磨難，永遠有更動人的故事可以取暖。阿猙注意到，有個不知道多久以前冒出來的天神「陸吾」，比他的五條尾巴還多出四條，這麼多條尾巴，能思考、能戰鬥、能飛行……實在好厲害啊！他在追逐這些尾巴的熟悉和親切中，滲入說不出的羨慕，這九條尾巴，未免太神奇了吧？總是精準又輕鬆的展現神能。哪像他這幾千年來，只懂得替燭龍做苦力，清掃灰塵時，還常被嫌棄是不必要的「多此一舉」。

因為太崇拜這九條尾巴了，他跟前跟後，想辦法在陸吾面前搖晃自己的五條尾巴，刻意引他注意，希望加入他的團隊。只可惜，陸吾的表情幾乎沒有變化，大家忙得一團混亂時，他看起來很從容；好不容易在生死邊陲奮鬥成功、人人歡喜嘻笑時，他看起來也很嚴肅，還是如常工作，一點都不受影響。到最後，阿猙不得不死心，五隻尾巴喪氣的攤在地上，沒精打采的問阿狻：「陸吾這傢伙，是不是帶了面具啊？怎麼表情都看不出變化？到底要怎樣才能加入他的團隊呢？」

4 幻靈簪

從小到大，阿猙一直厭煩阿狡的糾纏、多事、愛撒嬌。千萬年後他才發現，待在燭龍身邊的舒適、寧靜，讓他卸下小時候的神經質，慢慢變得簡單、安定；阿狡卻在這千萬年的護生搏殺裡，經歷太多的傷痛和絕望，慢慢收斂起孩子氣的歡樂，有了一種威懾凜然的神威。他開始自憐：「我怎麼這麼不幸啊！不過一時好心，哪知道就撞進燭龍那傢伙的天羅地網呢？」

「你喔！人在福中不知福。」阿狡用力彈了下他的額頭：「我們靈獸，無論如何修煉，總是靈格有限。你待在燭龍身邊，上接上古神能，化去狠戾獰脈，實在太幸運啦！」

「那怎麼就沒有分到一點點的幸運，讓陸吾高看我一眼呢？」阿猙還在唉聲嘆氣，阿畝藏著笑意的聲音從身後傳來：「你早被他高看幾百、幾千萬眼啦！還沒發現嗎？你每天拖著五條尾巴甩來甩去的軌跡愈來愈寬闊，那是陸吾設下的地線，專門用來牽引你的皮毛，拉開靈幅，擴大搜救靈能。」

「真的嗎？太棒了！」阿猙跳了起來，下一秒，目瞪口呆的發現，自己竟緊緊摟住阿畝。這……這也太肉麻了吧？他害羞的放開手，轉過身，臉慢慢紅起來，回頭怪起阿狡：「都是你這撒嬌鬼，害我被傳染了啦！」

「懶得理你。」阿狡白了他一眼，大家都笑了。阿猙喜盈盈的衝向陸吾，像個小學徒，整天黏著他，努力為自己的五條尾巴制定修煉計畫，專注展開「晉級大作戰」。也許是因為最熟悉的死黨回來了，畢方也變活潑了，在整天被青鳥差來遣去時，慢慢發現鬥嘴的樂趣，還得靠大鵹、小鵹不斷制止他們：「別吵啦！快做事。」

不知道從什麼時候開始，大家都感覺到，青鳥變懂事了。穿梭於七色珠島，遞信、補給，她整天忙個不停；稍得餘暇，就領著畢方四處巡飛，一旦確認疫區，設定好安全邊線，就協助他焚燒魔氣。

跟著青鳥，畢方完成一整天的巡防，夜裡就回房和阿猙擠在一起，分享彼此的觀察和心情，忍不住感慨：好奇怪啊！以前整天和阿畝在一起，都不覺得自己有多了解她，只是努力完成任務，希望自己還可以做得更好，別讓她失望；現在，在一起的時間變少了，看大家集中靈力，補強防護，才慢慢懂得阿畝「跟災難搏鬥」的悲憫和艱難。阿猙點了點頭說：「嗯，我以前擔心這個、憂慮那個，沒什麼理由，就是不安心；現在忙個不停，真的沒時間東想西想了。」

「是啊，以前真的都太閒了！」畢方笑了起來，摟住阿猙：「睡吧！睡飽了，才有精神應付紅珠島的超級比一比！」

「紅珠島」是「幻靈簪」上的第一顆紅珠子，收納天地靈能，在太平盛世時，足以庇佑人間風調雨順；現在更集結實力最強大的各界神靈，守護醫療仙靈們，讓大家安心鑽研、交換心得，再匯整信息後展開行動。他們在栒狀山河裡，發現一種「箴魚」，長得像儵魚，嘴巴卻長如尖針，魚肉可以治療瘟疫；葛山的澧水，也有一種「珠蟞魚」，形狀像肺，卻有四隻眼睛，還有六隻腳，能吐珠子，魚肉酸中帶甜，可以預防感染。還有啊，阿狕提議，和阿猙分別組隊，展開「捕抓大競賽」，讓大家可以不斷辨識、研究更多嶄新裂變的水生物。

整座紅珠島，靈力豐沛。鮮活的箴魚和珠蟞魚，灌滿靈湖；不同成分的治療丹藥和防疫靈苗，反覆實驗；不斷傳播出去的靈丹、療術，在安定和修改中加固了療效……誰都看得出來，在所有人的同心協力之下，疫情正慢慢控穩。

「好懷念啊！」哥兒們在久別重逢後並肩作戰，很多小動作都是這麼熟悉，不必多說也洋溢著默契和親密。比以前更愛笑的畢方很快呼應：「嗯，在艱難中，更能找到樂趣，忙得特別起勁！」

研究成果確定後，就由「幻靈簪」的其他六座珠島接手更多的工作：三座專心解決疫情危難，三座用來蘊養未來。最溫暖的生活基礎在「橙珠島」，收容不同生靈，組合成相依為命的家庭，根據大家的經歷，分享、討論，補足防疫缺口，找出未來生機，更重要的是彼此打氣，學會好好珍惜當下最簡單的幸福；「黃珠島」守護嬰幼成長，成立教育仙校，帶著孩子們在開心遊戲中學會努力、應變和戮力付出；「綠珠島」執掌生機，由阿狡負責各級生靈的生存訓練，神能修復、煉器實驗、武修查考……彩衣仙靈們在拼盡全力後不斷提升，有一些靈脈通透的孩子，很快在相互扶持中擔任實務，努力撐過災難。

剩下的三座島分級養護，不斷有各級疫病生靈被送進來，或者是撐著最後一口氣來求援。「藍珠島」護佑長壽賜福，病人康復前，必須接受精密的適應檢測和簡單的健身養氣訓練，才能跨向更寬闊的世界；「靛珠島」主宰身體健康，每一天的治療都是生死拔河，好多穿著靛衣的小仙子，陪伴各種生靈找到希望，激盪出求生韌力；「紫珠島」凝聚綿長情意，人人神情安詳，隨興閒走，聊天、說笑，迎著陽光甦醒，吹吹風，再看滿天星海閃爍——阿猙後來才知道，這座島上的每個生靈，無論神能強弱，生命都走到最後了，幸好有溫柔的紫衣仙靈們一直陪伴著，鼓勵大家做最喜歡做的事，才能在闔眼之前，回顧一生美好的記憶，帶著綿長的情意沉睡虛空。

走過那麼多的死亡、那麼多的悲痛、那麼多的磨難，天地萬界，就這樣相互依存了近百年。

經過漫長的努力和堅持，疫情慢慢平息，無論是蜚、猴、㹢鉤或是跂踵，全都在難以察覺的軌跡中神祕消失了。天地初定，大家各安前程。經歷鋪天蓋地的災難，大家終於理解，並肩守護，是唯一的生路。只有走過災難，才懂得幸福得來不易，簡單的生活，原來也需要好好珍惜。

5 永安調

各界神靈在散去前，強大的上神們祕密開了個會。疫情最混亂時，醫療仙靈團在堇理山發現了「青耕鳥」，有著漂亮的藍羽毛，長得有點像喜鵲，只有眼睛、嘴喙和尾巴是雪白的，不只可以辟疫，還能煉成生靈法器，操控疫情。這讓各界勢力變得很緊張，太強大的力量，最能勾出野心，也就更容易著魔，如果不能保密，就得摧毀！可是，這可是最美好的生命啊！做錯的，是那些來自各界著魔的野心，怎麼反而要處罰帶來希望的青耕呢？大家討論了很久，始終沒有共識，壓到最後，才不得不承認：我們都還沒有準備好，接受太完美的禮物。

最後，大家決議，集結所有上神的靈能，強行破開「芥子通道」，把青耕送到誰也不知道的另一個時空，隨著斗轉星移，日後就算這些上神重新聚合，也不可能找得到青耕到哪裡去了。他們找到一個特別的星體，很乾淨，物種不多，鳥兒日日歌唱、飛翔，天地間迴旋著好聽的共振，音節簡單、氣韻悠長。喜歡音韻的「帝江」，刻意用「留聲雲」記錄下來，命名〈永安調〉，樂音隨風飄散，歌聲流動的地方，步調都跟著放慢，生活變得很寧靜，像天帝重整秩序後常常強調的：激戰痛苦之後，最需要清靜、無為。天地間的靈養，隨著這首歌的流傳，蘊養出更多可能。

大家開始想念起盤古在混沌太初中，劈出時空流動後的太古歲月。那時無論靈能高下，所有的神、仙、精、怪、妖、靈、異、獸，甚至是魑、魅、魍、魎，大家混雜在一起交流、嬉戲，一言不合就打一架，生活自由自在，沒有任何限制。誰能想像得到呢？隨著愈來愈強的靈能修煉，同時也帶來愈來愈多的艱難、災厄，各種想得到或想不到的挑戰，迫近身前，不同的信念和選擇，促成一個又一個小集團慢慢結盟。總算，天帝集團的至高實力，輾壓了一切的反抗和掙扎，紛爭變少了，大家都希望能從此找到長久和平的契機。

陸吾留在崑崙山，為天帝打點出穩固的太平理想。他一直不多話，習慣安靜的照顧大家，在漫長的戰亂後，期盼自己可以守護大家，鍛造出美好的桃花源，讓生靈自在安居、讓天地永世安寧。白澤的孤兒莊園，藉由崇高的道德理想和撲朔迷離的智能幻術，外人不敢小看，只有陸吾知道，白澤的武力值不高，於是特別邀他到崑崙山接受保護。還有各種不同立場的巫醫團，得到集體尊重，允許他們遊走於各種勢力，保持中立；其中，巫彭特別信任陸吾，主動表明要跟著他常駐崑崙。最特別的還是阿畝，無論任何立場的各級生靈，心裡都知道，只有西王母集團，擁有挑戰天帝的實力，她聽了反而一笑：「生活安定了！誰還想挑戰誰？」

隨著天地生靈慢慢恢復生機，不再有那麼多避難和治療的收留需要，阿畝收攏「幻靈簪」上的七顆珠子，帶著愛撒嬌的阿狻，在洋溢著珠玉靈能的玉山安家，這裡藏著她最珍惜的記憶。原先生活在不同珠島上的女孩們，大半都是孤兒，沒有別的地方可以去，所以幾乎都留了下來，自願繼續修煉。整座玉山，晶瑩清澈，非常接近珠島的靈氣，她們跟著敬愛的「王母娘娘」，在玉山闢建出已然非常熟悉的成長氛圍，彼此相互扶持，建立一個更嚴謹、也更有效率的大家庭。

阿畝沿用珠島的顏色，根據太陽初升時映射角度折現的光澤差異，分區闢谷、嚴謹編組，讓大家穿上不同顏色的彩衣，依循早已習慣的修煉方向，標示出獨特的異能：紅衣掌管風調雨順、橙衣關心家庭美滿、黃衣守護嬰幼成長、綠衣專嗣事業運通、藍衣護佑長壽賜福、靛衣管理身體健康、紫衣祝福情意綿長。即使迎來了太平歲月，仍然讓阿狘每隔百年，就為大家做一次嚴謹的考核。

阿猙和畢方有幾千年的悄悄話要講，徵得阿畝同意，越過軒轅丘、積石山，隔著長留山，選擇在距離玉山不遠的章莪ㄜˊ山定居。他們倆快樂極了！總是在閒聊時表現得很像智慧老公公，自以為很有學問的向青鳥炫耀：「保持有點黏、又有點不黏的距離，活得最自在。」

最讓大家意想不到的是，阿畝沒有留下三隻青鳥，而是讓她們在遙遠的三危山，建立屬於自己的靈域，提醒她們是南極仙翁溫養出來的靈禽，一直留在她身邊當「貼身管家」，有點「大材小用」，要真正獨立，才能找到更璀璨的生活可能，並各自發現更值得奔赴的未來。

只有阿狡，趕也趕不掉，阿畝也就隨他。經歷太多天劫，慢慢成熟後，她再不曾像年輕時孵育源石和凝石那樣，隨時把孩子們摟在懷裡，也再沒有任何一個七色仙女敢像阿狡這樣，動不動就抱她、摟她，阿狡成為她最後的牽絆。生活變得很簡單，災難暫時隱退，不再需要為身邊的大小生靈隨時提高警覺，阿畝斂藏了「幻靈簪」上的太古神能，卸下備戰獸靈，收起充滿威脅、飽含戰鬥靈力的尖銳虎齒和護體豹皮，整煉出幾乎不需要耗用靈力的人形，變成一個普普通通的女孩。

天剛亮、晨露還沒收乾時，她回復在珠列島的舊習慣，帶著對初醒陽光的眷戀在花園散步，根據心情，選用幾種不同香氣的花瓣調製新鮮精油，再抓起髮絲，挽了個「看起來很隨興」的髮髻；沒事就半瞇著眼、懶洋洋的趴臥在豐饒的土地上，吹吹風，晒晒太陽。

這樣的形貌，活起來很輕鬆，幾乎不耗靈能，沒有任何負擔。各界神靈看著、學著，收斂起尖銳，慢慢出現更多的修煉人形，脆弱的肉身毫無戰鬥力，相處起來更自在，還多出一些閒情，輕鬆傳唱著〈永安調〉，四地都在宣示：太平歲月，真的靠近了！

6 生活誌

阿畝澈底放鬆下來，玉山的日常防護，交給阿狡打點。沒人注意到，大鶩和小鶩偷偷溜進玉山，追問阿狡：「為什麼把我們打發得這麼遠，是不是阿畝嫌我們太吵了？」

「哪可能？」阿狡哼了聲，懶得理會，一時有點感傷，愣愣發著呆。大鶩和小鶩太吃驚了，這還是那隻超級天才撒嬌狗嗎？千萬年來，誰也不曾看過他這麼悲傷的表情，是不是想要「耍酷」、「耍帥」，卻又搞錯了啊？想著才離開沒幾天，怎麼阿狡的變化這麼大，搞得她們很不安，坐也不是、飛也不是，懊惱著是不是不該跑這一趟？最後大鷟想，自己是老大，一定要鎮定！她努力清了清喉嚨問：「怎麼啦？這陣子發生了什麼意外？很難解決嗎？」

「喔，沒。」阿狡回到現實，還是搖搖頭，落寞的笑：「只是想念你們。以前總是這麼吵！幾千年又幾千年都這麼過來了，一時不太習慣。」

「你喜歡吵？該不會是生病啦！」小鷟摸了摸他的額頭：「有沒有發燒？要不要找醫仙？」

「走開！」阿狡揮掉小鷟的手，兀自生著悶氣：「還南極仙翁特別栽培的靈禽哩，我看你們嘛！也沒想像中那麼聰明。」

「我們當然夠聰明！想是想到啦，就是來向你求證一下。」大鷟只比小鷟早出生五分鐘，不過，因為長期集體行動，兩個妹妹動不動就要「老大」出主意，不到三千年，就養出她奇怪的「老大癖」，很多事情都還沒想清楚就裝酷。她拉長了聲音慢慢說：「我在想啊！阿畝是不是不願意讓我們永遠待在她身邊做遞食、更衣的小丫頭？她要我們離開，獨立門戶，才算真正長大！對吧？」

「獨立門戶」這四個字一說出口，大鵟心一刺，有點怕怕的。長大，讓人期待了這麼久，但真正要面對隨著長大而來的變動和責任，心裡卻沉沉的，不是原來想像的那種飛揚的喜悅。看阿狡的眼神發亮，她對自己的猜測生出信心，挺起胸，加強了誇張的語氣：「阿畝啊，就是這麼溫暖，不想耽誤南極仙翁精心孵育出來的聰明仙鳥！」

「想這麼久，還『聰明』哩！」阿狡陰陽怪氣的加重語氣，把「聰明」兩個字表現得非常「不聰明」，語氣變得有點悶：「都怪你們平常太吵啦！過不了兩天，阿畝就覺得屋子裡太靜了。」

「阿畝？應該是你吧！總怪我們吵，現在不吵了，想死你了吧？」大鵹和小鵹還在吵吵鬧鬧，青鳥的聲音忽然岔進來，而且超級生氣：「你們都搞錯了，阿畝最喜歡的是我！可惡的大鵹和小鵹，敢丟下我？」

「誰丟下你啊？」一看到調皮的青鳥，阿狡就笑了，說真的，就是她這種誇張熱鬧，帶給阿畝最多歡樂。身為阿畝的第一個「家人」，他曾經在懵懂的童年，全心全意的依戀過她，而後又看著她從一個帶著熱情、嚮往的小女孩，一路成長、成熟，無論心情如何，總是帶著笑容。

在漫長時空中，阿畝忍著太多的傷痛和離別，努力為更多人付出。送走阿猲；祝福阿狰和畢方獨立成家；走過天荒動盪，收養了一大批又一大批的彩衣仙靈，深怕自己一些無意識中的話語或動作，會被解釋成偏愛，還收斂起家常的溫暖和過去熟悉的親暱靠近，真摯卻又極力維持公平的教養每一個孩子，每個瞬間都不敢鬆懈。

彩衣仙靈的各級修煉愈來愈有效率，嚴謹的紀律約束，使得大家對阿畝的尊敬，帶著仰慕和距離，過去在家裡打成一片的嬉鬧，慢慢變少了。看著青鳥照顧阿畝吃穿，替她彙整信息、千里遞信，永遠信任她、依賴她，阿狡深深感慨，大家都忘記了，阿畝最初的願望，只是想守護一個溫暖的家啊！

只剩下他，像小時候一樣，回到家就用真心的純真向她撒嬌，這是他所能想到的，最像「家」的撫慰。只可惜，那些彩衣仙靈們總是站在阿畝身邊，用仰慕的眼神，盯著他這位從腥風血海中壯大、誰都打敗不了的大英雄，在她們眼前，他沒辦法重返童年了。

說到有效的撒嬌，恐怕只剩下永遠長不大的青鳥！他一時忍不住，抱起小青鳥親了一下：「加油啊！好好努力。一定要加緊腳步，發揮天分，強化人際的整合和聯繫，把三危山發展成『信息靈域』後，迅速完備的收集任何音訊、指令、憑信、密碼……只要有人接管傳遞、整理、分析，就可以盡快回來了。」

一直很崇拜阿狡的小青鳥，被這麼一親，竟忘了她是趕來找大鵹和小鵹算帳的！慢慢紅起臉，一時說不出話。另外兩隻平反成功的「聰明鳥」，從一睜開眼就跟著阿畝，早已根深蒂固相信「阿畝身邊就是她們的家」，一確認「重返玉山」的關鍵原來是三危山的發展，轉瞬精神抖擻，恨不得立刻開始工作，兩張嘴同時搶著說：「您放心，我們會一直很努力。」

「沒錯！」青鳥興奮得不得了，忽略了大鵹和小鵹說的「我們」，刻意加重語氣，強調「我」這個字，大聲說：「放心！我，我一定要更努力，成為更好的自己。」

「謝謝啊！整建三危山靈域，可有得忙了。在這之前，有件事想拜託你們。」青鳥一來，阿狡回過神，拿出一塊玉簡，大家透過靈視一掃，好熟悉的紀錄啊：「西王母豹尾虎齒而善嘯，蓬髮戴勝；有狡如犬而豹文，其角如牛。隄山有狕，狀如豹而文首。」

「咦，這是阿畝和你們的生活日誌耶！」青鳥大叫，接著看到：「猙如赤豹，五尾一角；畢方狀如鶴，一足，赤文青質而白喙。」更加激動大嚷：「這是阿猙和畢方的日記！怎麼沒有我們？」

「別急，看，這就是我們共同經歷的日記啊！」大鵹伸出翅羽，打了青鳥一下，把她拉開，翻到下一卷玉簡：「蜚，如牛白首，一目蛇尾，行水則竭，行草則死；絜鉤如鳧（ㄈㄨˊ）而鼠尾，善登木；猴如刺蝟，赤如丹火；跂踵如鴞（ㄒㄧㄠ），一足彘（ㄓˋ）尾；箴魚如儵，其喙如箴，食之無疾疫；珠鱉魚如肺而有目，六足有珠，其味酸甘，食之無癘；青耕如鵲，青身白喙，白目白尾，可以禦疫。」

「哇，我們的戰鬥，好辛苦的日子啊！」來不及感慨，青鳥就看到「三危山，三青鳥居之」這幾個字，忍不住歡呼：「這才是真正的我們耶！」

7 裂本源，愛無悔

「我們的經歷，是超越時空的日記。」也許是因為大家都各自獨立了，剛分開，一向愛玩、愛熱鬧的阿狡特別不習慣，語氣裡難得透出眷戀：「麻煩你們先送一份到隄山，讓阿狕知道，不管經過多遠、多久，無論生活是艱難還是歡喜，真正的家人，永遠都會放在心上。」

「好喔！」大鵹接過玉簡，十分慶幸：「幸好老大是你，無論能不能待在阿畝身邊，只要你在，我們的心，永遠都團在一起。」

「接下來，還有一件特別要緊的事。」阿狡的表情變得很嚴肅：「青耕不可能回來了，以後的河流也不再適合箴魚和珠鱉魚生長。當環境愈惡劣，愈容易縱容像蜚啊、絜鉤、猴和跂踵……這些魔物變形滋長，日後的幾萬年、幾千年、幾百年，甚至是幾十年，瘟疫會以更恐怖的面目反覆侵襲。」

阿狡另外做了份不會腐朽的「時空囊」，提出各種歸納方法和因應建議，希望把大家的奮鬥決心長長久久傳下去，提醒世世代代的各級生靈，生死艱難並不可怕，只要並肩同心，一定會找到辦法！隨著千萬年又千萬年的災難反覆，只要經驗可以承傳，無論任何時候，都可以帶來力量。三隻青鳥笑著回應：「沒問題！」

她們都沒想到，剛答應的這件事，做起來並不容易，只開開心心的趕到隄山，享受阿狕熱情的招待，為阿畝、阿狡、阿猙和畢方也送去了問候信；最有趣的是，隔得老遠，阿狕還特地為天山的帝江準備了數不清的北荒特製顏料，送到天山時，那裡早就擠滿一大群又一大群的「顏料控」，搶著分享的每一個生靈，全都讚嘆不已。繞了一大圈，三隻青鳥終於回到三危山，她們為了把「時空囊」的信息傳到千萬年後，做了無數次試驗，也在無數次失敗後發現，這根本就是一件「不可能的任務」。

經歷千萬次失敗後，小青鳥瞞著大鵹和小鵹，割裂本源，分出一些魂魄在人間轉生。經過漫長的沉睡，她甦醒後發現，自己的靈能緊縮，恐怕日後再也不能修煉晉級了。大鵹和小鵹發現時氣得全身發抖，恨恨丟下一句：「為什麼不找我們商量？」

她們轉身，回到自己的房間，誰也不想再多講一句話。想起三姊妹從出生到現在，無論做什麼都喜歡擠在一起，發生再大的事，只要說幾句好笑的話，就可以又天真的玩鬧著、開心著，很快就撐過去。這是青鳥第一次把兩個姊姊惹火了！她抿著唇，知道大鵹和小鵹氣她自作主張，總覺得她們仨(ㄙㄚ)一起努力，即使慢一點，最後還是可以找出解決的方法；更知道她們為她擔心，以後無論大家的神能進展到什麼程度，她的靈識受損，就只能和現在一樣，遞信、補給，做一隻吵死人的小鳥兒。

青鳥很想讓兩個姊姊知道，這是她自己的決定，即使神能不能再提升，她也覺得好極了，一點都不後悔。透過一線又一線靈絲，她穿透姊姊們的憤怒，滲入青鳥最核心的靈識——那是南極仙翁孕養她們時最深沉的祈願，她們的出生使命，就是因為愛。

三隻青鳥的神能糾纏在一起，纏縛著小青鳥的期盼，慢慢放大到天上人間的無限時空，兩個姊姊和她一起搜尋，直到清楚感應到，妹妹裂生的本源，在人間轉生成一隻愛說話的貓頭鷹，吱吱喳喳，無論到哪裡，總可以交到一大群好多朋友。

帶著阿狡的囑託，這隻神奇的青鳥貓頭鷹，逡巡在受苦的土地上，幾度遷徙，就算到了無限遠的未來，也可以守護希望、提供分析，陪著大家撐過千萬年後的黑死病；以及五百年後的天花；再經過三百年後的黃熱；接下來，瘟疫和流行病，愈來愈密集，一百年後的牛瘟、又一百年後的戰地流感，甚至更久遠以後的全球瘟疫……

原來，青鳥做的選擇，並不是沒有意義。大鷲和小鷲的心剛放軟，青鳥便撐不下去，神識一鬆，昏了過去，她們嚇得急衝出房門，疾飛到青鳥身邊，一起為妹妹輸入真元。小鷲試圖割裂本源，填補青鳥的缺損；大鷲一察覺，很快運力攔下小鷲的氣勁，只為青鳥送出一縷修復暖流，淡淡說：「我們本源迴異，就算血緣再親，也無法相互修復。你這無效的傻氣，只會徒然傷了自己。」

就在這個瞬間，小鷲才深切理解，她和大鷲同時降生，但是，大鶩在長期訓練中養成的冷靜和清明，已經遠遠超越她們。再看著沉睡中的青鳥，知道她在乎阿畝、在乎阿狡，願意以他們的期盼當做自己的嚮往，把他們的牽掛，當做自己一定要完成的大願。原來，再親密的綑綁，無論有多愛、有多捨不得，還是得各自填滿自己的人生，也因為各種不同的選擇，到最後，我們都得面對自己的功課。

青鳥醒來後，只要求別讓阿狡知道，為了訊息遞送，她割裂出本源。小鶩捨不得再生她的氣了，只黯著眼睛點了點頭；大鶩嘆了口氣說：「又能瞞得了幾時呢？憑阿狡和我們的交情，除非永不相見，只要一見面，他一定會察覺異狀，以他的神能，有可能沒發現轉生到人間的那一絲本源靈識嗎？」

「能拖多久是多久吧！」青鳥虛脫的笑了笑，不知道為什麼，她就是想讓阿狡開開心心的，不讓他生出任何愧疚，即使就那麼一絲絲，她也捨不得。小鴛倒是看開了，忍不住勸：「別多想啦！反正，瞞也瞞不住，就算知道了，又能怎樣？割裂本源又不是送禮物，難道，還能截一小段還你不成？」

「是啊！當務之急，還是多休息，好好修復。」大鴛一邊從青鳥的百會穴注入真氣，一股暖意湧上來，一邊溫柔的哄她：「你要是怕無聊，就趁這段時間，想想我們的信息靈域，該從那些方向開始進行？」

青鳥很快睡熟，大鴛和小鴛心疼的摸摸小妹妹的臉，輪流為她護氣。百會穴是諸陽之會，可以幫助她化解疲勞，促進新陳代謝，盡快恢復精神。關上青鳥房門，大鴛吩咐小鴛：「為了好好照顧青鳥，我們得回南極洞府一趟，仙翁擅長療癒，一定比我們更有辦法。你去通知阿狡，就說我們去拜訪仙翁，暫時都不能回家啦！還是得收集各種仙靈的人際脈絡和信息流通模式，通過大量的反覆嘗試、溝通和交流，才能回三危山，籌建完整的信息系統。」

「這也是青鳥的願望吧！我們就幫她暫時瞞下，能拖多久是多久。」小鶩說完，回頭看了看青鳥的房門，心裡酸酸的，不明白這個總想著玩的小妹妹，怎麼會變得這麼傻？大鶩別過頭去，悄悄抹去眼角的淚滴，打起精神說笑：「青鳥就是傻啊！我們這種有翅膀的仙靈，活得愈沒負擔，靈能進境就愈無可侷限。你看，我們聽過那麼多傳說，什麼水裡游的魚、地裡爬的蛇啊！還有山間跑的狐狸，常常在愛情裡摔跟頭，就是很少聽過飛鳥犯傻。」

「鳳族啊！青鸞、火鳳、丹鳥……好多喔，他們都長著翅膀，我們還不是從小就聽說他們轟轟烈烈的愛情故事？」小鶩一說，大鶩就嚷：「拜託，鳳族是神族耶！我說的是我們這種小仙靈，你比到哪去啦？」

「哼，又怎樣？我就是覺得小青鳥很勇敢。」小鴛仰首，在青鳥熟睡時才表現出對她的支持。大鴛輕嘆：「勇敢或不勇敢，都不重要，無悔就好。」

王母娘娘，平安是最美的祝福

1 鹿鳴苑

大鶖和小鶖帶著時睡時醒的青鳥，一路飛向南極洞府。半路上，遇到南極仙翁的大弟子「鶴童」，他揹著雪白的雲紡紗袋，搭配一身雪白的羽毛，帥氣中帶著幾分清靈。小鶖笑了起來，大老遠就拉開嗓門嚷：「鶴大哥，等我們一下啦！哇，這雲紡紗好美啊！」

「怎麼和你這麼搭呢？」大鶖故意打趣，但鶴童好像完全沒察覺那話是在嘲笑他愛漂亮，還得意洋洋的攤開袋口炫示：「是啊！風雨剛停、可算是最乾淨的雲絮，裹進『織女』密藏的乾坤絲，質輕又耐裝，瞧，這次真是大豐收啊！」

她們往袋裡一探，認出形狀像韭菜、還帶著青色花朵的是「祝餘」，好多啊！塞得整個袋子鼓鼓滿滿的，連根帶葉都瀝乾了，收藏前一定花了不少時間。這種草，吃了就不餓，在亂世裡特別受歡迎，每一個救難隊都想盡辦法，想採收得愈多愈好，才能透過小仙鶴的各種快遞小隊，送到急待重建的蠻荒遠地。

兩隻青鳥掏挖著雲紡紗袋，像挖寶一樣，又找到一些「迷穀」，它的形狀有點像構樹，帶著點黑色紋理，光華璀璨，只要佩帶在身上就不會迷路；不過，還有幾棵套網保護著的小樹，看起來有點像迷穀，只是光澤不那麼亮眼，平常常見的漆黑紋路，泛出少見的紅絲紋彩，大鵹忍不住問：「這是迷穀嗎？怎麼又不太像？」

「別碰，這可珍貴的哩！」鶴童急著說：「這叫『白䓘ㄐㄧㄡˋ』，比迷穀稀奇多了。樹汁像漆，味道香甜，顏色濃烈，能染出豔紅的血玉。

最厲害的是，吃了果實，不僅不餓，還可以緩解疲勞、濾去憂煩。咦？小青鳥睡著啦？我就說嘛！這傢伙怎麼可能憋得住不說話。」

「小心！別推她。」鶴童還沒出手，大鶩和小鶩尖叫起來，嚇得他慌忙停住，白了她們一眼：「這麼大聲，幹麼啊？」

「她生病了啦！正好，這白荅止餓、解勞、去憂，不就是專門為她量身打造的嗎？」小鶩剛伸出手，想摘兩片葉子，鶴童急束起袋口，腳一蹬，立刻振起羽翼起飛，遠遠丟下一句：「別要我的命啊！這可是仙翁想要移植的寶貝，千交代萬交代，得毫髮無損的帶回去啊！」

鶴童的飛速，洞府第一。她們目瞪口呆，遙望遠遠飛去的一個黑點，嘆了口氣，帶著小青鳥繼續飛。也不知道飛了多遠，意外發現，「鹿童」來了！還善意的在角叉上，織出可以修復靈能的「牽絲纏煙羅網」，包覆起小青鳥，告訴她們：仙翁知道她們來啦，囑託他領她們先到鹿苑休息。小青鳥休息夠了，臉上帶著初睡醒的滋潤紅暈，張開眼睛，伸了伸懶腰嘆：「鹿大哥的家，實在太舒服了！等我們回三危山，也要修築一座鹿苑，讓大家來度假。」

「好……」大鵹一臉倦色，還是無限歡喜的寵著這個「無論如何都要繼續寵下去」的小妹妹：「等你休養夠了，我們就在水邊搭個比鹿苑更美的小莊園，讓你每天都舒舒服服的宴客。」

「是啊！別輸給鹿大哥了。」小鵹趴在露臺軟枝上，放眼看去，鹿苑地勢微抬、視野寬闊，水瀑鋪展出陽光鑠金的濂幕。繞著緩坡，大大小小的鹿子鹿孫，沿著潔淨的水色呦呦呼喚，可以喝水，也可以洗浴戲耍，清新討喜。鹿童的生活很簡單，每天就在這「鹿鳴苑」過安閒日子：溫暖舒適的春天，待在半陰半陽的寬闊露臺；炎熱的夏天和蕭瑟的秋天，就在濂瀑邊修建陰涼的禪室；到了寒冬，向陽坡的寬闊琉璃廳，灑滿溫暖的陽光，誰都喜歡到這裡晒晒太陽、說說話。

知道阿畝身邊的三青鳥來了，南極洞府的各級仙靈都到鹿苑來串門子。為了在三危山籌建完整的信息系統，三隻青鳥也拼命賣弄著各種上神的祕聞軼事，和大家套交情，努力搏得幾位貼心知己的支持，跟著他們回訪、觀察、討論，根據不同的人際脈絡，在各種仙靈的共同生活中反覆嘗試、溝通、交流，再仔細的蒐集、整理、分析，發展出籌建信息場域的整體網絡。有時候，青鳥太虛弱，不能隨行，大鵟和小鵟就託鹿童陪她，鹿童總是笑：「沒問題啊！小鹿都長大了，一個比一個能幹，我就待在家裡，哪都不會去。」

「你啊！真懂得享福。」大鵟一說，鹿童就想起，混戰剛安定時，低階仙靈太渴望和平幸福了，常喜歡畫浮出雲間的鶴童來表現

「福」；用鹿童的諧音祈願「祿」；為年輕的南極仙靈搭配長長的鬍子，象徵「壽」。這些「福祿壽」圖繪的版本，愈畫愈多，鹿童充滿懷念，笑得更愜意了：「那時，大家把南極上仙自動升級為南極仙翁，他都快氣瘋了，不知道自己為什麼一下子就變得這麼老。」

「現在，他可樂著呢！」小鴛笑著接話：「每次見面都追著阿畝叫『小姑娘』，換她吞了一肚子氣啊！」

太平盛世，大家最喜歡分享這些上神的八卦，在感激他們的神能之外，好像也覺得自己和他們更親近一點。神仙歲月太寧靜了，就少了一些滋味。不知道過了多久，青鳥又特別找出了鹿童的八卦：據說啊，人間有個求仙道人，一路西行時，遇到好多遊仙散靈，就創造出唐三藏與徒弟孫悟空、豬八戒和沙悟淨這些話本角色，記錄他們在前往西天取經時的各種神魔對決。後來輾轉流傳，除了加入懲惡揚善的暗喻之外，更被年輕的文人們用來諷刺權力官場。青鳥搶著報告：「他們說，鹿童趁南極仙翁跟東華帝君下棋時，盜走他的蟠龍拐杖，私自下凡，收養義女狐狸精，把她嫁給比丘國王，鼓動國王捉來成千上萬童子、吃人心肝，直到即將死在孫悟空棒下時，仙翁才急著把他搶救回來。」

「也許是因為鶴童的徒子徒孫們，透過各種快遞系統，廣結善緣；你們這些鹿兒，只管呦呦鹿鳴、食野之苹（ㄆㄧㄥˊ），人間看不得你們無所事事，才編造出你們的壞話。」大鶖一說，小鶖立刻呼應。鹿童反而看得很淡：「又如何呢？每一天的日子，可都是我們自己在過。別人說什麼，管他的，還是得自己說了算。」

這……三隻青鳥你看看我、我看看你，心裡都計畫著：「鹿童，你給我記住，我們一定會找到方法來氣死你！」

2 信息網

大鵹和小鵹滿山串門，只剩下青鳥憂蹙著眉，這鹿鳴苑的日子，怎麼過得麼悠閒啊？實在太悠閒了，悠閒到有點無聊啊！她一天天養胖，總算，在飛不動以前，鶴童來接她們上山了。

前往南極洞府的路徑上，沿路可看到各具特色的生靈競豔，繁花盛開的林苑和結實累累的果園，愈靠近洞府，就愈顯得生機燦爛。最驚人的是「延壽園」，南極仙翁接引天地靈力，努力從不死樹周邊，找到起死回生的靈芝草，好不容易把鶴童帶回來的幾棵白莕養活了，慢慢和靈芝草的靈能聯繫起來，放大了止餓、解勞和去憂的療癒力。

南極仙翁挖出整棵灌注靈力的小白蓉樹，從根部到枝葉，全都放進「天心爐」，煽起「聖靈焰」，煉製出白蓉本源。原來，這陣子他就是在忙這些啊！三隻青鳥很感動，大鵟、小鵟抓起小青鳥，丟進靈療池，靈氣包裹過來，仙翁把小白蓉的本命根源種進青鳥心口，協助她入定吸收，慢慢修復裂痕。最後在離開靈池時，還傳給她一套「護靈心法」，提醒她，只要再修煉個千萬年，即使不能回收裂在人間的青鳥本源，還是可以和大鵟、小鵟一樣，不停增進修為。

知道青鳥的本源經過照護，神能可以慢慢修復，大鵟、小鵟好開心啊！帶著小青鳥日以繼夜對南極仙翁展開「甜蜜攻勢」，每天每夜，一聲一句「南極師傅」、「仙翁爺爺」、「超級宗師」……吵得仙翁不得不喚鶴童進來，叫他快點把她們送回鹿鳴苑。鶴童哪鬥得過這三隻青鳥聯手建立的「撒嬌網」？他假借著有要事處理，丟下她們，逃得遠遠的，讓耳朵清靜一下。

三隻青鳥更安心的住在洞府了。跟著仙翁，她們身分也提高不少，和仙洞附近的各級仙靈往來得更密切，通過反覆試驗，努力建立起極有效率的仙靈培訓網絡。籌建工作進行到這裡，為三危山尋找管理人才，成為迫在眉睫的首要任務。來自各方好友共同推薦，長得很像白牛的「傲佪」，成為最佳人選。他全身披掛著的那些像蓑衣般的靈線，靈脈多元而豐富，幾乎全天候在接收、處理大量信息，最厲害的是，他頭上那四支角，不是用來戰鬥，而是用來隨時提升靈能，是誰也無法複製的瞬間「加壓信息塔」，無論面臨任何艱困環境，一緊急啟動，就可以在傳送、接收或交換訊息時，無限制增幅提升靈能。

再也沒有比他更好的信息管理人才了！問題是，傲佪自傲、率性、來去無羈，到底要從何找起呢？她們纏著鶴童，想辦法在小仙鶴的快遞中，加入尋人急件。後來還是靠南極仙翁幫忙，找到穿著黃衣、黃帽，趕著黃色小車，還撐著黃色小傘的沼澤小精靈「慶忌」，日馳千里，送來消息。這時，她們更堅信建立信息網絡的重要性。

這下子可要好好把握，不能再失去儌佪行蹤了。她們日夜排班，輪番糾纏仙翁，拜託啦！就這一次，幫幫忙嘛！最後，仙翁受不了，只好做保證人，替她們寫推薦信，還教她們「瞬移咒」，瞬間轉移萬里，最後他苦著臉抱怨：「我只能幫到這裡。青鳥的主要任務就是送件，無論面對任何挑戰，終究得在速度上更用心。瞬移咒教給你們啦！還是得自己好好苦練，找到儌佪，是遲早的事，至於如何說服他遷居三危山，就是你們的事啦！」

三隻青鳥好開心，瞬移潛行，很快「堵」到儌佪，急急遞出仙翁的推薦信。沒想到，儌佪活得很自我，一接到信，看都沒看就撕了，也沒瞧上她們一眼就轉身離去。沒辦法，她們只能緊跟在他身後，銜接在南極府洞剛建立的信息網，拼命打聽，究竟該如何對徼徊下手？

耗了好大力氣，總算發現有個切入點可以試試：從小到大，徼徊有個壞毛病，就是「愛吃人」。人啊！是天地間最低階的微塵，因為太弱小了，天地神靈為了維繫人的生機，不得不確立共識，就是在「能力愈強，責任愈大」的約束下，把「吃人」當做「天條第一罪」，犯了天條，絕不輕饒。為了這個「嗜好」，徼徊不知道受過多少懲戒，就是改不掉。

通過各界信息交換，她們找到一個方法，決定讓靈能修煉得最成熟的大鵹，緊跟在徼徊身後，保持聯繫；小鵹和青鳥回「瑤池聖境」找阿狡幫忙，說服一小群「視肉獸」到三危山遊覽，用他們不斷增生出來的靈肉，精準調味，做出各種口味的「肉肉調理包」，包裝別緻，收藏在坐臥舒適的「水晶殿」，透過精巧的空間變化和迷離的光線掩映，曲徑轉折，一整面又一整面展示牆，有如優雅的圖書館，還有各種不同聲光演出的精美設計，最後再製作唯美的宣傳玉冊，把視肉獸形容成天上地下、舉世無雙的「行善布施團」，不斷接待著各界神靈，讓大家自由自在的到此一遊，享用各種「美味肉肉吃到飽」的盛宴。

這些歡樂小旅行的小道消息，很快吸引了傲徊，主動聯繫三危山，想參觀一下這面「靈味水晶牆」。真好，三隻青鳥總算理解了，信息就是力量！傲徊一到，她們不但熱情接待，還天天設計「仿人肉新口味」，把「倚強凌弱」的吃人惡習，美化得像是最值得宣揚的主題華宴，還反覆向傲徊強調：像他這麼樣的天生奇才，就是要好好發揮自己的專長，活出熱情，活得有價值、有意義，何必只是為了喜歡吃人，千萬年來被視為好像什麼十惡不赦的妖怪？

「是啊！除了吃人，我又做過什麼壞事啦？」傲徊腦一熱、心血一湧，決定遷居到三危山，接任信息大總管。這群青鳥這下子可得意了，只有阿狡還是很擔心，怕傲徊吃膩了視肉獸的調理包，早晚惹出問題，陷三危山於不義，讓阿畝揹上惡名。

「別擔心！」大鵹和小鵹都笑了：「鴟管家會把他管得妥妥的。」

3 無用石

青鳥用來管理傲徊的祕密法寶，就是「鵖管家」。能夠和鵖管家交好啊，任何時候想起來，靠的都是好運氣！

那是在北極星君最擔心世界毀滅的關鍵時刻，藉著棋盤賭約，他贏了南極仙翁，要求他在生靈豐沛的南極洞府周邊，挑選所有的生命種類，配對成「原生滴」，再把千萬種生靈原生滴，精煉成一顆「界石」，也就是一顆可以生養出無限生命的「世界種子」。這樣，各界神靈就安全了！即使天地傾覆，只要找到一塊適合的土地，種下界石，經過千萬年的孵育，世界就又可以重新開始。

南極仙翁下棋，就從來沒贏過北極星君，不得已，只好閉關在仙洞裡一百多年，專心研究一種可以「禁得起各種打擊，度過漫長的等待後才開始運轉」的收納法石。到最後，「界石」沒完成，卻產生好多失敗的「無用石」，常常被北極星君嘲笑。

就拿這一大堆無用石中的「靈沾石」來說吧！這顆靈石，在承受一千萬顆雨滴沖刷後，就能打開靈界，吸收至純至清的水滴，儲存起來隨時飲用。北極星君聽了，覺得這個發明很多餘，挑高了眉哼了聲：「這有什麼用？我們需要在巨大災難後『生產生命』，你卻只能在大雨後吸收水滴？」

南極仙翁尷尬極了，小青鳥看這靈沾石，七彩中透出琥珀色，很像阿狡的眼瞳，好喜歡啊！特別要來，一直帶在身邊。沒想到，後來認識了「鴟」，覺得她美極了！鸞鳥般的鮮豔羽色，閃爍著神祕而尊貴的光澤，一個腦袋底下，分出三個身體，像無價的「三聯畫」藝術品；連在生活上的品味，也讓青鳥瞠目結舌，比如說，她從不喝泉水和井水，只在雨後的天地間，寧願淋溼羽毛，也要在雨中慢慢等待，直到天地煙囂都消失了，只剩下至清靈氣，她才喝水。這樣的堅持，多辛苦啊！使她不得不修煉出「減少喝水、凍結水分蒸發」的靈能。

「這多累啊？」青鳥聽得目瞪口呆，她吃不了什麼苦，一向不贊成「苦修」，很快就把摯愛的「靈沾石」送給鴟，讓她能輕鬆收集至潔雨滴，生活滋潤許多，兩鳥也從此建立起「不是很常相見、卻能真心相惜」的深厚交情。

後來，聽說傲佪一直在找鴟，她們立刻邀請優雅又嚴謹的鴟到三危山當「管家」——其實只是來監管傲佪，只要把他管好，憑傲佪的智計，各種管理體系綿密相扣、相互支撐，三危山就會是她們最穩固的堡壘。

「不錯！比你們親自管理還要更合適。」阿狡非常滿意，但忍不住好奇：「傲徊和鵖管家究竟是什麼關係？為什麼他會這麼聽話？」

「確實有點神祕。」大鵟很遲疑；小鵟聽說了些，但也不太確定；而青鳥對八卦都有自己的解釋：「聽說，她好像是他奶娘吧？」儘管光聽就知道離事實很遠，不過大家感謝她靠「靈沾石」立了大功，也不當面拆穿。三危山在分層負責下，高效率運轉著，青鳥愈無聊，愈是對南極仙翁的「無用石」充滿興趣，沒事就回去「淘寶」；大鵟很開心，急著聯繫阿狡：「三危山的信息系統，建立得愈來愈完整了，是不是可以通報阿畝，讓我們回玉山？」

「真讓阿畝說對了！每個人找對位置，努力付出一切，慢慢就會生出自信，得到真正的快樂。」小鵟幻化出人形，細細長長的，好像隨時可以隨風飛翔，連聲音也變成熟了：「別具個性的信息中心，是

我們的熱情，也是專長。」

「好想快點回玉山啊！」想到回玉山，就是回到阿狡身邊，青鳥慢慢紅起臉，真的好想念他啊！大鵟和小鵟沒注意到青鳥沒事幹麼臉紅，只是單純的歡喜：「是啊！阿畝少了我們這些貼身小管家，真不知道平常該怎麼辦？」

「你們搞錯了，阿畝最需要的是我！」青鳥從滿臉通紅中清醒過來，立刻邀功：「一切有我呢！什麼挑戰都沒在怕。」

她們回到阿畝身邊後，繼續吱吱喳喳，不管別人愛不愛聽，繼續煲煮著各種熱鬧的八卦。大鵟和小鵟跟著阿畝，不斷接受嚴謹的訓練和調教，神能不斷晉級；割裂本源的青鳥，只在阿畝身邊打點著遞食、更衣、送信……這些雜事，雖然大鵟和小鵟不小心就會露出遺憾的表情，但她還是開開心心的，每一天都搶著和阿狡展開「撒嬌大賽」，笑得很甜蜜，自在的炫耀：「做一隻吵死人的小鳥兒，就是我的心願啊！」

一直盼著這三隻青鳥回玉山的阿狡，終於發現，小青鳥為了成全自己的願望，分裂本源、放棄神能，把大家努力的心得，遞送到千萬年後，讓大家學會在相剋、相生的萬物本質中，走過生死艱難。

看到她變成這個樣子，他特別心疼，日子過著過著，愈來愈怕看到青鳥，也愈來愈怕聽到她立志「吵死人」的大願。青鳥怕阿狡難過，總帶著笑臉胡鬧，還為了讓他開心，故意到處嚷：「你說我『這個樣子』是什麼意思？這個樣子不好嗎？你對我有什麼不滿？」

阿狡打也不是、回嘴更不敢，常常東躲西藏。青鳥也不甘心，總說得咬牙切齒：「割裂本源，守護人間，是我的愛、我的選擇，關你什麼事？我們就不能像以前一樣，還是開開心心的？說好要永遠在一起，怎麼說變就變了？人生，怎麼這麼難呢？」

4 自由香

大鶯長大了，特別理解阿狡對青鳥的愧疚，以及一切都無可挽回的惆悵，只是，他們經歷過千萬年相依為命的心靈交會，讓她把所有的理解和同情，在阿狡面前藏起，怕他更難過。任何時候相見，大鶯總斂盡情緒，努力保持「沒有表情」的表情；但小鶯不一樣，她太心疼小妹妹了，不斷在心裡計畫著，一定要找機會幫幫青鳥！

小鶯拉攏畢方，聯手製造了一個不大不小的「安全火災」，藉著巧妙的「失火」，假裝在搶救中無意發現，把妹妹做的繡荷包偷出來送給阿狡。阿狡接來一看，荷包上繡著一隻好可愛的牛角豹紋狗，針腳很細，繡線有點褪色，毛邊磨得很亮，突顯出主人反覆撫觸後的無限珍愛，上頭還繡著一排細細的小字：「蓬山此去無多路，青鳥殷勤為探看」。

「蓬山此去無多路」——阿狡心痛如絞，好像自己回家的路，都跟著斷了。後來大鵟知道了，罵了小鵟一頓，恨聲交代：「阿狡看過荷包的這個祕密，你得爛在肚子裡，死都不能讓青鳥知道。」

「為什麼？如果連這都不讓他知道，小青鳥太不值得了！」小鵟哭得好傷心，大鵟勸她：「傳遞信息，本來就是我們的責任。如果事先知道青鳥要割裂本源，你覺得阿狡會答應嗎？以他的神通，很輕易就可以阻止，青鳥瞞著他這樣做，是她的選擇，不應該讓阿狡揹起根本還不起的債。」

「還得起，他當然還得起啊！」小鵟還要再說，卻被狠狠瞪了一眼，只能硬生生把話吞回去。大鵹嘆了口氣勸：「你啊！看不出來嗎？喜不喜歡這種事，最難遮掩。真想喜歡的話，幾百年、幾千年前就喜歡了！你不覺得，做不成戀人，還能做家人，也很幸福嗎？這個小荷包，青鳥繡好這麼久了，為什麼還送不出去？當然是因為她自己知道，這一送啊，恐怕連家人都做不成了！」

後來，大鵹找阿狁要回荷包，當面燒了，還淡淡一笑：「畢方啊！就是愛惹事，竟然把青鳥特別繡製的『家人荷包』燒掉了，這可是她親手繡出來的童年日記耶！」

「童年日記？家人荷包？」阿狁有點發愣，大鵹沒再假裝「沒有表情」的表情，反而笑得真誠：「你等著，接下來她會忙得要命，還有一大堆荷包要趕工。什麼阿畝啊、阿猙、畢方什麼的，還有隄山的兄弟、南極洞府的夥伴……繡荷包、做紀錄，就是她寫日記的方法，大家都有一個，人人有獎。」

他們相視一笑，什麼都沒再說，無須解釋，這樣就好。

阿狡減少和青鳥玩耍打鬧的時間，投了更多心力守護玉山。他進行全面而深入的蒐巡和記錄，在大片闊葉森林的殘破枝條和乾腐落葉間，發現一個隱密的紅岩洞口，沿著幽深曲折的隧道，往裡走了很久，盡頭透亮，一出隧道就聽到水聲，清溪潺潺，滿山遍開的紅花碎碎細細的，像漫天的水色紅霧。然後，在碎細繽紛的花瓣雨下，他看見正撈起鮮魚的紅靈鳥「勝遇」。

她一邊煮魚，一邊隨興的哼著歌，抬起頭，對忽然有人闖進來，似乎不太吃驚，也沒什麼防備，只向阿狡招了招手，淘氣一笑。她的嗓音不像常見的鳥，倒像是鹿鳴聲，只是更加溫柔好聽，清靈的歌聲在漫長的戰鬥災厄後，聽起來特別溫暖。阿狡是隻豹紋狗，平常不太吃魚，但是，空氣中飄散著的香氣實在太誘人，忍不住應邀留下來，他慢慢喜歡上這個與世隔絕的小世界，愈來愈習慣和勝遇共餐閒聊。

在他們無數次自由自在的餐會後，阿狡忍不住問：「我查過你的資料，為什麼經過這麼漫長的時間，有這麼多地方在傳說，你是凶獸，每出現在哪裡，那個地方就會發生大洪災？」

「我才懶得管哪裡發大水呢！我是去抓魚的。」勝遇微微一笑：「我追逐大水，是因為魚兒在突發的水災中奮力求生，就會在肉質裡注入生命精華，那種在絕望之前的不顧一切，藏著任何靈力神能都無法複製的Q彈鮮美。」

「啊？就是為了吃魚？」阿狡聽傻了，為了吃，揹著「凶獸」惡名活上千萬年，這怎麼值得呢？他想起一生的艱難奮鬥、阿畝對大家的期勉教誨，以及大夥兒在生死邊陲不顧一切的犧牲，世界上竟也有這種選擇？只為了「一餐好吃」，甘心背負詆毀，還能開心活著？看著勝遇自由自在的笑臉，他忽然覺得，世界好大，想要隨心，其實也不容易，每個生靈的不同選擇，到底值不值得，他慢慢都要分不出來了。

自從在紅岩洞認識「一生只為了吃魚」的勝遇，阿狡反覆思索，覺得這世界上，真的存在著太多他不懂、也可能永遠想不明白的生活選擇。可是，這又有什麼關係呢？他們一起吃飯、一起聊天，聽她自在的聳了個肩說：「我沒害過任何生靈，也不畏懼任何想傷害我的生靈。我可以保護自己，每天都有小小的開心，這樣就夠了，就算大家都說我是凶獸，又有什麼關係呢？」

巡走玉山，他看見各色彩衣仙靈的努力，確實每一天都有小小的開心，這樣就夠了！他慢慢確信，每個人都可以自由選擇，而且只需要為自己的選擇負責，這就是他們付出生命的終極奮鬥。無限遼遠的天地，值得所有生靈開心的玩、認真的學習、自由的選擇。希望不同的物種，在盡一切努力、歷經各種奮鬥後，都能珍惜自己想要過的人生，並且也有足夠的寬容和發展，容許大家自由選擇。

想通了以後，阿狡再看到青鳥，也就自在多了！青鳥可以為自己的選擇全力以赴，他也不需要一生都把負擔扛在身上。重新和三隻青鳥玩鬧、說笑時，他終於明白，自己喜歡待在勝遇的紅花谷，不是為了吃魚，而是為了反覆呼吸自由的芬芳，並且深深慶幸，跟著阿畝，不管經過幾千年、幾萬年，可以珍藏著「天地安好」的大願，永遠是他最喜歡的生活。

5 遷居議

為了「天地安好」的大願，阿狡接到陸吾「遷居崑崙山」的邀約時，立刻就答應了。

還沒成行，三隻青鳥就帶著匯整好的信息過來，她們一進門，表情嚴肅，氣沖沖就白了阿狡一眼：「你讓我們建立完整的信息網，卻又放著這麼重要的智囊不用，也不和我們商量，自顧自做決定，是在耍我們嗎？」

「這還需要找智囊嗎？態勢很明顯了吧！」阿狡笑了，眼睛裡藏著淡淡悲傷：「從洪荒競爭、太初對決，一直到上神惡戰，都是因為各自有著不同的立場。災難來時，大家抱團求生；好不容易安定了，連阿猙和畢方都選擇『有點黏、有點不黏』的自在，可見各界生靈的天性，就是嚮往自由。如果握有力量的生靈不做節制，再怎麼得來不易的太平日子，過久了，還是會各奔東西。」

「到處都在傳，西王母可以挑戰天帝。」大鵹很感慨，理性上雖然贊同，感情上卻特別悲傷：「就算阿畝不想，別人怎麼可能不說？最好的方法，還是在崑崙山留置人質。」

「王母娘娘的人質，這可是不得了的殊榮耶！」阿狡揉了揉大鵹的頭羽，好像所有不必說出來的話，這樣，彼此就都懂了。他轉過身，安慰小鵹和青鳥：「邀請函指名給我，其實是高看了我！這就認證了我對阿畝特別重要，從這角度看，我很開心，真的，超級開心！」

「要不然，又能怎樣呢？」小鶩不耐作假，開始匯報她們調查到的幾個和陸吾他們熟識的中立勢力：白澤是陸吾在太古時期搶救回來的孤兒，最早接受邀約，其實也是接受庇護，他的孤兒莊園在遷往崑崙山後，還享有「神出鬼沒、靈能難測」的特權；巫彭領軍的巫醫團早已隱入崑崙，但她們還在採證，巫醫的力量太神祕了，總是有辦法逃脫她們的追蹤。報告到這裡，青鳥很憤恨：「這是怎麼啦？我們都這麼努力了，難道連自由定居的權力，也被剝奪了？」

「要看你怎麼認定自由啊！」在大家激憤不已時，阿畝笑著出現了。大家深吸口氣，非常驚奇，剛布下的警報網怎麼都沒察覺呢？阿畝笑得很暖，像一陣清風，拂淨大家心裡的陰霾：「阿狡真聰明，確實，我們必須遷往崑崙的態勢，非常明顯。不過不只你，我們大家一起搬過去吧！」

「為什麼？這太誇張了吧？」青鳥大喊：「憑什麼？要打就打啊，誰怕誰？天帝？誰封的？自以為名字叫『天』，就真的是天了？」

「這次發出來的邀約，不見得是天帝的意思。」大鵹在三危山「成家、立業」後，變得很成熟，好像愈來愈懂得王母娘娘的大願，連幻化出來的人形都像她的微縮版，努力想讓自己能更幫得上忙。她拉住青鳥慢慢解釋：「天帝在上神對決後，對各種奮鬥和犧牲，不再像以前那麼絕對，開始鬆開『總想要更努力』的綑綁，相信天地間的自由意志。你們發現了吧？他也像遠古神那樣，選擇了遠逸太虛。」

「確實，這麼漫長的時間，無論是天荒吞噬或瘟疫侵襲，他都沒出現。」小鵹點點頭，還是有點不解：「他不想當天帝啦？」

「他當不當天帝，跟我們沒關係。有關係的是，憑什麼寄一張邀請卡，就改變了我們的生活？」青鳥哼了一聲，還是在生氣。阿畒被逗笑了：「你可以不用搬啊！想住這也可以，或者回三危山，你現在可以自由居住的『家』，可多著了！」

「哼！」青鳥別過頭去，氣得說不出話，心裡只繞著：有你們在的地方才是家啊！阿畝伸出手，好久不曾像現在這樣，把青鳥捧在懷裡，順著她的毛羽說：「我願意改變我們的生活，就是想讓全天下的生靈都不用改變。靈能強大的人並肩站在一起，相互理解、尊重，就可以讓所有的人都像你一樣，想住哪就住哪、想去哪裡就去哪裡。」

阿畝猜測，陸吾的邀約，應該經過了深思熟慮的推演和漫長的準備。雖然相處的時間不算長，但她很確定，他們的嚮往很接近，都不喜歡站在巔峰，只想安安靜靜過舒心的日子，只是，他們都捨不得旁觀別人痛苦，到最後總忍不住又捲入紛爭。就像很久很久以前，天地初開，大家自由摸索，她喜歡炎帝、和蚩尤相知相惜，在最後的關鍵決戰，卻選擇支援黃帝，因為她知道，只有建立在強勢的整合，才能提供清靜無為的自在安寧。

想到這裡，她放下青鳥，難得的，神情就像回到從前小小的家，對著親密的孩子們說：「我們都不想被過度干預，只想過自由日子，但是，天地牽引，哪有真正的自由？只要有變動，誰都不能置身度外。我們很幸運，擁有強大的靈能，這是天分、也是禮物，我不想再獨自潔白了，我相信，只要做對了，就可以守護太平日子，讓天地生靈過得更自由。」

「怎麼做，才算做對呢？」阿狡問，這也是他常常思考的大問題啊！阿畝揉了揉他的頭，輕輕笑：「沒人知道。自己做得對不對，不會有標準答案，只求盡心而已。」

阿畝陷入沉思，靜靜回顧自己一直堅持的信念：天地無邊寬闊，只要彼此尊重，便可以各安其所。但是，這就像緜治水一樣，心如洪流，把距離拉遠，如同築起高高的堤防，我們各自獨立，隨著隔離後不相聞問而產生的誤解，就像一點點、一點點的氾濫，如果不去解決就會暴洪肆虐。陸吾的邀約，不是為了監控人質，而是期盼彼此靠近，就更容易相互了解，像大禹分流灌溉，這才是疏通治本的基礎。

「是啊！感受、理解、相互支持，這樣真好！」阿狡一說，阿畝就伸手摟住他，青鳥跟著擠進來：「我也要抱抱。」

「反正我喜歡半瞇著眼閒休息，吹吹風，晒晒太陽，到哪裡不都差不多？」一想到這樣的未來，阿畝笑得很歡喜。大鵹和小鵹還是有點遲疑：「嗯……好吧！」

「喔，太棒了！」青鳥和阿狡卻開心極了：「我們在一起，到哪裡都是家，真的差不多啦！」

6 扶生願

知道阿畝要帶著整個家族遷居崑崙山，陸吾不敢怠慢，立刻騰出崑崙山最精華的「瑤池高臺」，打點好生活所需後，還動用遠古神器，設下連自己都不能突破的「天覺結界」，保證未經許可，誰也不能隨意出入，只在固定時間準備好必要的生活補給品，放在山腳，等著青鳥來把補給品揹回去。

這樣與世隔絕的日子過久了，各級仙靈不斷傳說著宛如禁地的「瑤池聖境」，以及愈來愈神祕的「王母娘娘」，說她三餐都吃蟠桃，每天都比前一天更美麗，因為瑤池最珍貴的特產就是蟠桃，那是天帝帶著幾個好朋友遠赴滄海之外的「度朔山」，從蟠屈三千里的大桃木中精選靈枝、移植回崑崙山後，和不死神樹接枝，三千年熟成結果而成的。吃了蟠桃，不但延年益壽，還能永保青春。

本來為了避免分歧和誤解才搬到崑崙山的阿畝，聽說著愈來愈多的傳說，反而歧生出更多的誤解和隔閡，決定讓三隻青鳥操辦「蟠桃宴」，在春日初醒、花色最美時，邀請諸神眾仙一起來湊熱鬧，期盼大家相互了解，更能珍惜當下的和平和安寧。南極仙翁難得來了，阿畝想到青鳥提過的「延壽園」，就特別選了幾顆漂亮飽滿的蟠桃，讓他帶回洞府，蘊養新株。青鳥高興極了，沒事就飛去找陸吾閒嗑牙：「早知道過得是這麼舒心的日子，我們當初又何必緊張兮兮的開遷居會議呢？」

「你別老惹事。」大鵹和小鵹總苦口婆心的勸：「大總管忙得不得了，沒時間理你。」

「不會啊！大總管可喜歡我去找他哩。」青鳥聳聳肩，不以為然。她就是覺得陸吾什麼都好啊！連對她說話，都比阿狡有耐心。也許是因為生活太幸福了，到了最後，生活變得很平淡，以至於大家都拼命找一些異聞趣事來取樂。比如說，大家最愛八卦的，就是一本正經的陸吾，竟然當爸爸了！他尾巴上的一小滴血，溶進晶玉岩片，生養出了「小開明」。

這才是真正好玩的開始！開明有兩個爸爸，陸吾成熟，讓他在西王母出瑤池時，當她的崑崙小管家；但他更愛黏在帥氣的英招屁股後面學「漫天花雨」。開明的各種花樣，帶給大家好多樂子，連青鳥都忍不住替他出主意：「你想學漫天花雨，可以去求王母。」

充滿危機意識的西王母，一生都在生死邊界奮鬥，想到小開明得幫忙管理崑崙山，決定教他「摘星術」，為「力量」和「速度」做準備。誰也沒想到，他竟然摘星星做「星星樹」，來和英招的「漫天花雨」比美，惹出後來的絕望、傷痛，以及無止無休的憾恨和修煉。不過，和漫長的時空比起來，悲傷終究會過去，開明後來認識了白澤這個「知識控」，開啟一長串嶄新的智識學習。

大家都覺得，開明好幸運！只有白澤知道，他們不是偶遇，是他在日以繼夜的觀察後刻意現身，小開明的摸索和成長是難得的契機，他要藉此打開早已纏縛在心裡千萬年的祕密。在長期觀察開明之後，白澤通知青鳥，求見西王母。三隻青鳥非常意外，阿畝在見過白澤後竟然消失了好幾個月，沒人知道她去了哪裡。她們聚在一起，總忍不住絮絮叨叨：「還記得嗎？很久很久以前，白澤來找阿畝那次，也是這樣。」

「嗯，他提了個精巧的翡翠蜈蚣燈，還牽著兩個長著羊腳的雙胞胎來。」大鶩一說，小鶩就急著搶話：「接著阿畝就消失了好幾個月。現在，該不會是……」

「哎呀！這還需要猜嗎？」阿狡覺得她們很無聊，青鳥很快呼應：「是啊！隨便想想吧，天下太平、白澤現身，還能有什麼事值得阿畝這樣奔波呢？」

果然，循著相同的路線回飛，阿畝的心情大不相同。回想起千萬年前，天地崩裂、補天重建、炎黃蚩尤的血戰，以及水火相抗後延續出的一路脫序糾纏，到了相柳攪亂後，要不是「扶生山神」決意為天地眾生捨命，跳進相柳腹中，和英招裡外呼應，哪有機會遏阻災禍？那時，白澤救下相柳遺孤，禍福難卜，怕驚擾到任何猶有餘悸的人，只以陸吾相贈的「翡翠蜈蚣燈」包覆住這孩子的魂魄；當英招把至交扶生的遺孤送到白澤莊園後，憑著直覺，白澤找上了西王母。

西王母身上總繞著至純的清新，簡單、乾淨、沒有負擔，一定和她的來處相關。不像他，從生死邊陲被陸吾搶救回來後，一直揮不去鋪天蓋地的寂寞，沒人參與，他也從來不說，他不想讓這三個孩子的人生，捲入像他一樣的滄桑。把孩子們都託給王母後，他就相信，不管用什麼方法，她一定會送給他們一個簡單又自由的童年，就像狡、猙、狕、畢方、青鳥和彩衣仙靈們一樣。

「他們叫什麼名字？」阿畝看著沉睡中的雙胞胎，沒有直接回覆，只淡淡問。白澤開心極了，知道取了名字，就等同是和孩子們的生命形成連結了！他很快回答：「吉羊（ㄒㄧㄤˊ）、如意。我希望他們不要再受苦了，一輩子都能『吉祥如意』。」

「怎麼可能呢？一輩子吉祥如意，不算美好人生。這種道理，沒人比你更清楚吧？」阿畝接過翡翠蜈蚣燈，隨手把吉羊、如意這雙胞胎的魂魄，裝入手邊的「綠幽繭」，簡單對他解釋：「綠幽靈可以開放心靈、增強願能。這兩個孩子，總有一天得接棒扶生山，還是得用千萬年來培養開闊和豐饒。」

「扶生山沒了。」白澤說得黯然，阿畝微微一笑：「無論扶生山在或不在，扶生大願，還是得記得。」

7 宿命緣，平安福

現在回想起來，當年接下白澤囑託後，阿畝就盼著，總有一天，要接這些孩子回來，讓大家都有機會，看著下一代、以及更多的下下一代，不論物種、階級，合力一起完成扶生大願。

那時，她花了好幾個月，飛越土岩漿、烈焰海、冰晶洋、虛塵碗……在極東大荒幾千個浮動的珠列島鍊中，尋找隱伏在混沌海邊、浮浮沉沉的暗流「荒墟」。她趴伏在闃黯中，耐心等待初醒的陽光露出一縷光線，就著轉瞬即將消失的微光，找到一小彎「綠幽流」，映著初陽，在看起來像深綠水色的土壤中，找出其實是柔軟固體的洋流，抓緊時間，在微微折射的弧面光影間，迅速塞進翡翠蜈蚣燈和綠幽藺，再裹住一顆「定位神珠」標示位置。接下來，他們將以千萬年為單位，慢慢漂移，深陷於深邃而微透明的「綠幽靈」水晶簇裡，湮滅在打不破的黑暗中。

千萬年後，回到「荒墟」，阿畝提高靈能，在陽光初醒時找到綠幽流，不顧一切的耗盡神力，搜索出不知道漂到哪裡的定位神珠。好不容易定位了，混沌蒙昧的強大力量，幾乎快抽空她的靈力，在近於開天闢地的對抗中，她在悠長厲嘯的尾音中猛提起真氣，振聲大喝：

「起！」

定位神珠拔高、拔高……在虛空中不斷放大、扭曲、旋轉，像是捨命在重組一個新宇宙，最後碎為漫天粉末，千千萬萬的珠屑雨中，隱隱現出兩個黑影。阿畝騰飛撲向翡翠蜈蚣燈和綠幽藺，手一抓，全身靈息被震散，立刻化成豹身，連翻幾圈彈飛出去……

好不容易落定，調息了近半天，她才有力氣回到珠列島，找了個安全的角落，蜷身藏了起來，讓天地滋養重整她所有被打散的靈息，這樣過了一百年，才終於回到瑤池聖境。當她親手把翡翠蜈蚣燈和綠幽繭交還給白澤，阿畝鬆了口氣，總算完成了千萬年的託付。看著白澤提著翡翠蜈蚣燈慢慢走遠，一時移不開眼睛，這才發現，自己早把這三個孩子的未來，當做自己的責任，再不可能輕易卸下了！

遠遠的，翡翠蜈蚣燈頂的「離光珠」，在皓潔明亮的光色中，帶著幾分清冷，這就是天地靈能在提醒我們「君子慎獨」——人生中，總是有這麼多孤獨時刻，把我們磨亮了。白澤走在夜暗中，微微笑了，他真的很感激，溫潤的珠核裡，包裹著偷偷救下的相柳孩子。那時，陸吾替他凝煉出幼兒魂魄，還送他神器相護，才避開了那些一直堅持著要追殺到底的激進神靈。

這盞燈，真的好神奇啊！年輕時的「離朱」，遠遊到南方星辰海，遇到同樣在四處歷險、探勘煉器材料的蚩尤，兩個人談得很投機，默契十足。蚩尤發現離朱有驚人的眼力可以精準定位，便邀他合作，一起尋找帶有天然陣法的「璇璣翡翠」，最後，以離朱的定位和蚩尤細膩精巧的驚天技法，他們採探出一整座色澤飽滿的璇璣翡翠。離朱用不上，只要了從翡翠結晶邊緣延伸到深海裡的離光珠，笑說：「晚上趕路時，可以照明。」

蚩尤天生豪情，所有的萍水相逢，只要談得來就當兄弟，何況是這樣無私無求的朋友。分別前，他特地鑿開璇璣翡翠，構築出蜈蚣般的甲殼燈座，引出藏在原石裡、足以辟邪趨吉的強大靈力，和陣法相應、相生，鑲上離光珠後，尾端再雕刻著往前彎折的毒刺，用「以毒攻毒」的原力來淨化邪靈。綠幽幽的瑩光，閃著「獨甲一方」的霸氣，吞吐著天地靈能，反覆迴旋，煉成不斷「粹集正氣」的稀有神器。

這麼厲害的寶貝，離朱只用來照明，實在太可惜了。後來，他因為自己站在黃帝陣營，愧對蚩尤的傾心相贈，和陸吾相熟後，知道他忠誠可靠，就轉送給他。陸吾撫觸著天帝陣營裡最稀罕的「蚩尤手作紀念」，無限感嘆：「這個翡翠蜈蚣燈啊，是最無私的情誼分享。我總有一種感覺，這孩子受到離朱和蚩尤的聯手庇護，會讓我們重新看到，不計立場，像離朱和蚩尤那樣，無私的情誼分享。」

是啊！無私和分享，就是白澤對這孩子的第一印象。回想起和相柳對決的那場殘酷戰役，在幾乎燒成灰燼的冰原戰場上，他找到幾個哭泣的小小孩，聽他們搶著報告：「大哥哥是不是死了？他拼了命找食物餵我們，自己什麼都沒吃。嗚嗚，沒東西吃了，我們好想大哥哥啊！」

他抱起這些孩子們口中早已昏迷的「大哥哥」，陪伴他、照顧他，為他命名為「過」——有過則改，一切都過了。當英招在至交扶生山神壯烈犧牲後，把雙胞胎遺孤送到他的莊園，他讓過兒姓「羊」；羊是西山特區的山神，期盼他長大以後，能和吉羊、如意一起相互扶持，接棒山神的守護天職，延續扶生大願，付出更多力量來扶助天地生靈。

沒想到，吉羊和如意這兩個孩子，承接了一整座山的靈能和傷痛，表現出驚天動地的靈敏超能。他們的眼神壓抑，卻又奔騰著排山倒海的憤怒和悲苦；加上母神在父神消亡後神魂崩離，漫無邊界的眼淚，湮滅成一大片沼澤，更強化了他們各種不穩定的情緒。隨著時間流逝，雙胞胎的魂靈不僅沒有平伏，反而愈來愈激切，當白澤發現，雙胞胎根據直覺對翡翠蜈蚣燈表露出摧毀的恨意時，立刻決定把他們託給西王母。

「讓他們先沉睡個幾千年吧！」王母溫柔一笑，白澤高懸的心，忽然就放下了！像天地間千千萬萬生靈喚她一聲「王母娘娘」，他也習慣依賴她，相信她的護持，確定他們的努力，可以化解這三個孩子的宿命糾纏。

也許很快，也許到千萬年又千萬年後，總會有一個剛剛好的機會，可以喚醒他們，找到屬於自己的福緣。那時，所有的生靈將一起發現，平安就是最美的祝福。

【附錄】

遂古之初，來讀《山海經》吧！

黃秋芳

《山海經》經過上千年的流傳，以獨有的「神怪圖鑑」與豐富的古代神話色彩，擄獲後世無數人的心，成為歷史上最重要的文學經典之一。而作者黃秋芳老師是如何將其中極為簡短的隻字片語，及超越現實的神怪形象，運用創作巧思，發展成縝密又龐大的奇幻小說世界觀呢？現在，就讓作者親自帶領我們解碼《山海經》，認識眾多充滿魅力的角色，開始一場想像力的創作之旅！

壹・王母和她的夥伴們

1.《山海經．西山三經》，**玉山**：「**西王母**其狀如人，豹尾虎齒而善嘯，蓬髮戴勝，是司天之厲及五殘❶。有獸焉，其狀如犬而豹文，其角如牛，其名曰**狡**，其音如吠犬，見則其國大穰❷。有鳥焉，其狀如翟而赤，名曰**勝遇**，是食魚，其音如錄❸，見則其國大水。」

2.《山海經．西山三經》，**三危山**：「**三青鳥**居之。……其上有獸焉，其狀如牛，白身四角，其毫如披蓑，其名曰**傲洇**，是食人。有鳥焉，一首而三身，其狀如鸈，其名曰**鴟**。」

《山海經．大荒西經》：「有三青鳥，赤首黑目，一名曰**大鵹**，一名**少鵹**，一名曰**青鳥**。」

3.《山海經．西山三經》，**章莪山**：「有獸焉，其狀如赤豹，五尾一角，其音如擊石，其名如**猙**。有鳥焉，其狀如鶴，一足，赤文青質而白

---

❶「勝」，玉製首飾；「司」，執掌；「厲」，災厄；「五殘」，五種刑罰。

❷「穰」，五穀豐收。

❸「翟」，長尾野雉；「錄」，即「鹿」。

喙，名曰**畢方**，其鳴自叫也，見則其邑有譌火❹。」

4.《山海經．北山一經》，**隄山**：「有獸焉，其狀如豹而文首，名曰**狕**。」

傳說解碼

玉山的西王母形貌像人，長著豹尾、虎齒，善於長嘯，蓬散的頭髮有首飾綰緊，掌管著天災和刑罰。狡是一種牛角豹紋犬，吠聲像狗，出現時預告著豐收；紅勝遇像長尾野雞，吃魚，聲音像鹿，出現時會發生水災。

三危山的住民，最有名的是三隻青鳥，紅頭羽，黑眼睛。其次是傲徆，長得像白牛又長了四支角，身上的毛就像披著蓑衣。鴟有一顆頭和三個身體，形象在鷹、鵰和鸞之間，起初在部落相爭的古傳說裡代表剛毅和威猛，沒有明顯的正邪之分；隨著時間發展，逐漸帶有冥界和殺戮色彩，而且在東亞各種傳說間有相似的聯想。因為承雨滴、愛乾淨，創作時從冥黯推向光明，選擇了尊貴如鸞鳳。

章莪山的猙像紅豹，有五條尾巴、一支角，聲音石破天驚；畢方如鶴，只有一隻腳，青色的身體有紅頭羽和白嘴喙，叫聲就像「ㄅㄧ ㄈㄤ ㄅㄧ ㄈㄤ」，人們因為這種奇怪的叫聲才叫他「畢方」，出現時常有怪火。

在隄山的狕，豹形，帶著美麗的頭紋。

「狡」、「猙」、「狕」，都是《山海經》裡以豹紋出名的神獸，和豹形的西王母在地域上由近而遠，讓人不禁聯想起，他們到底有什麼關係呢？定居在西王母所在地「玉山」隔鄰「蠃（ㄌㄨㄛˇ）母山」的天神「長乘」也長著豹尾，只是雪白無紋。想想啊，他們又會有什麼故事相互交會呢？

《山海經》原文裡的王母居處，分別在崑崙山和玉山，以「和平遷居」做解釋，固然是一種；不同的閱讀和創作，自然也可以提出自己的詮釋——在閱讀時，作者已死，作品可以隨著想像飛得更遠。

---

❹「譌火」，怪火。

貳・崑崙集團

1.《山海經・西山三經》，**崑崙山**：「是實惟帝之下都，神**陸吾**司之。其神狀虎身而九尾，人面而虎爪；是神也，司天之九部及帝之囿時。」

2.《山海經・西山三經》，**槐江山**：「實惟帝之平圃，神**英招**司之，其狀馬身而人面，虎文而鳥翼，徇於四海，其音如榴。」

3.《山海經・海內西經》，**崑崙之墟**：「面有九門，門有**開明獸**守之，百神之所在。在八隅之巖，赤水之際，非仁羿莫能上岡之巖。」

4.《山海經・海內西經》，**開明六巫**：「開明東有**巫彭**、**巫抵**、**巫陽**、**巫履**、**巫凡**、**巫相**，夾窫窳之尸，皆操不死之藥以距之❺。**窫窳**者，蛇身人面，貳負臣所殺也。」

5.《山海經・海內西經》：「開明北有**視肉**、珠樹、文玉樹、玗琪樹、不死樹。……又有**離朱**、木禾、柏樹、甘水……」

《山海經・海外南經》，**狄山**：「爰有熊、羆、文虎、蜼、豹、**離朱**、

視肉……」

6.《山海經．大荒西經》，**靈山十巫**：「有靈山，**巫咸**、**巫即**、**巫肦**、**巫彭**、**巫姑**、**巫真**、**巫禮**、**巫抵**、**巫謝**、**巫羅**十巫，從此升降，百藥爰在❻。」

7.《山海經．海內經》：「洪水滔天，**鯀**竊帝之息壤以堙洪水，不待帝命，帝令**祝融**殺鯀於羽郊。鯀復生**禹**，帝乃命禹卒布土以定九州。」

8.《山海經．南山一經》，**青丘山**：「有獸焉，其狀如**狐而九尾**，其音如嬰兒，能食人，食者不蠱❼。」

---

❺「距」，祛除死氣，藉以復活。

❻「從此升降，百藥爰在」：這裡可以上天入地，時空穿錯，所有的靈藥都薈萃生長。

❼「蠱」，受妖邪迷惑。

9.《山海經．南山一經》，**杻陽山**：「其中多玄龜，狀如龜而鳥首虺尾，其名曰**旋龜**，其音如判木，佩之不聾❽，可以為底。」

10.《山海經．大荒北經》：「**黃帝**乃令**應龍**攻之冀州之野。應龍畜水，**蚩尤**請風伯、雨師，縱大風雨。黃帝乃下天女曰**魃**。雨止，遂殺蚩尤。」

《山海經．大荒北經》：「**應龍**已殺**蚩尤**，又殺**夸父**，乃去南方處之，故南方多雨。」

11.《山海經．海外西經》：「大樂之野，夏后**啟**於此儛九代，乘兩龍，雲蓋三層。左手操翳，右手操環，佩玉璜。」

傳說解碼

崑崙山由天帝設界，交由天神「陸吾」掌管。陸吾虎身九尾，和槐江山的天神「英招」是同事，也是好友。他們同樣一身虎紋，只是英招身形如駿馬，適合代天帝巡行天地，還多出一雙翅膀。

上古征戰，應龍殺了夸父和蚩尤；他的水命，和天女魃的至旱形成對照，他倆本來都是來自天界的神靈，卻失去往來天界的靈能，所有過去的聯繫都消失了，成為遺憾。最後應龍在水患為禍時，以尾劃地、改變河道，旋龜以息壤填土，讓川海暢流，成為〈天問〉詩中「河海應龍，何盡何歷？」的故事原型。

禹受命治水，共工欲決高下，陸吾和共工九次決戰，為大禹爭取時間。禹在塗山，遇到九尾狐姊妹塗山嬌和塗山姚；傳說，遇九尾狐，白蓬尾傳遞著盛世訊息，九尾諭示陰陽轉極、祥瑞應天，於是衍生出禹王朝、《封神榜》的妲己和日本平安末期天下第一才女「玉藻前」的上皇糾纏。最後，由啟佩玉、乘龍、舞天地，展開第一個世襲王朝。

---

❽「音如判木，佩之不聾」：「判木」，劈開木頭；「佩之不聾」，佩戴上便可敏銳聽聲。

根據漢墓刻畫，人面虎身的陸吾和開明，時見九尾或九首，頗有混淆的考證或論說。所以故事中，以陸吾滴血化生開明，再加上從「靈山十巫」到「開明六巫」中，重疊又迥異的神巫，提供閱讀和詮說時的無限想像。

同樣的，每一位讀者都可以提出自己的詮釋。

參．神靈幻獸

1.《山海經．大荒北經》，**章尾山**：「西北海之外，赤水之北，有章尾山。有神，人面蛇身而赤，直目正乘，其瞑乃晦，其視乃明，不食，不寢，不息，風雨是謁。是燭九陰❾，是謂**燭龍**。」

《山海經．海外北經》，**鍾山**：「鍾山之神，名曰**燭陰**，視為晝，瞑為夜，吹為冬，呼為夏，不飲，不食，不息，息為風，身長千里。……人面蛇身，赤色，居鍾山下。」

2.《山海經．海外北經》：「**共工**之臣曰**相柳氏**，九首，以食於九山。相柳之所抵，厥為澤溪。**禹**殺相柳，其血腥，不可以樹五穀種。禹厥之，三仞三沮，乃以為眾帝之臺。」

3.《山海經．東山四經》，**太山**：「有獸焉，其狀如牛而白首，一目而蛇尾，其名曰**蜚**，行水則竭，行草則死，見則天下大疫。」

4.《山海經．東山二經》，**硜山**：「有鳥焉，其狀如梟而鼠尾，善登木，其名曰**絜鉤**，見則其國多疫。」

5.《山海經．中山十一經》，**樂馬山**：「有獸焉，其狀如彙，赤如丹火，其名曰**𤟤**，見則其國大疫。」

6.《山海經．中山十經》，**復州山**：「有鳥焉，其狀如鴞，而一足彘尾，

---

❾「風雨是謁，是燭九陰」：「謁」，「噎」的假借字，指吞咽；「燭九陰」，照亮九重幽泉的陰暗。

其名曰**跂踵**，見則其國大疫。」

7.《山海經．中山七經》，**少室山**：「休水出焉，而北流注於洛，其中多**鯑魚**，狀如盩（ㄓㄡ）蜼而長距，足白而對，食者無蠱疾，可以禦兵⑩。」

8.《山海經．東山一經》，**栒狀山**：「其中多**箴魚**，其狀如儵，其喙如箴，食之無疫疾。」

9.《山海經．東山二經》，**葛山**：「澧水出焉，東流注於余澤，其中多**珠蟞魚**，其狀如肺而有目，六足有珠，其味酸甘，食之無癘。」

10.《山海經．中山十一經》，**堇理山**：「有鳥焉，其狀如鵲，青身白喙，白目白尾，名曰**青耕**，可以禦疫，其鳴自叫。」

傳說解碼

燭龍在遙遠的大西北海外，赤水的北岸，紅鱗身長達一千里，眼睛豎長，閉眼是黑夜、睜眼是白晝，以風雨為食，照耀幽冥，吹氣成冬、呼氣為夏，吞吐捲颳，時而在鍾山下。

水神共工的臣子相柳，九頭，人臉蛇身，能夠吞下九座山，因為系出水神，所到之處盡成沼澤、洪流，死後血染腥臭，五穀不生。大禹幾次挖土填血，仍反覆塌陷，只好將挖掘出來的泥土為眾帝修帝臺，借助上古神力封印。

人間瘟疫繁衍，有蜚、絜鉤、猰、跂踵這些惡獸，自然也會有鰟魚、箴魚、珠蟞魚和青耕鳥這些吉祥禽魚。天地間萬般相生、相應，希望從不衰竭。

❿「狀如蟄蜼而長距，足白而對，食者無蠱疾，可以禦兵」：「蟄蜼」，一種像長尾巴獮猴的怪獸；「距」，禽爪。指這種魚形狀像獮猴，卻長著雞爪子，白足趾對生，吃了牠的肉，不但能去除疑心病，不受妖邪蠱惑，還可以防禦戰亂。

肆・玄花異樹

1.《山海經・中山七經》，**少室山**：「其上有木焉，其名曰**帝休**，葉狀如楊，其枝五衢，黃華黑實，服者不怒。」

2.《山海經・南山一經》，**招搖山**：「有草焉，其狀如韭而青華，其名曰**祝餘**，食之不飢。有木焉，其狀如穀⓫而黑理，其華四照，其名曰**迷穀**，佩之不迷。」

3.《山海經・南山三經》，**侖者山**：「有木焉，其狀如穀而赤理，其汗如漆，其味如飴，食者不飢，可以釋勞，其名曰**白蓇**，可以血玉。」

4.《山海經・海內北經》：「鬼國在**貳負**之尸北，為物人面而一目……」

傳說解碼

也許，生活在上古時代真的太艱難了，天地相生、共振，同時也提供了許多美好的饋贈：「帝休」治心病、「祝餘」吃得飽、「迷穀」防迷途，多好啊！如果能夠找到「白荅」，那就太幸運了，止飢、釋勞，填滿了物質和精神的匱乏。

如果找到鬼國，可別被「貳負」的死亡傳說嚇壞了。越過滄海，有座「度朔山」，山上一棵屈蟠三千里的大桃樹，靈力強大、東北枝條糾結，形成「鬼門」，由鬱壘和神荼守衛，一發現惡鬼就揮葦索綑縛，再扔到山裡餵靈虎。後來又衍異成遊走在「酆都」、「地府」、「冥界」的神靈，管轄神魄、懲治鬼魂。

這些傳說，都只是一點點小裂縫，做為我們閱讀和創作的入口。當AI無止盡發展時，不要忘了，我們的想像力，可以開鑿出比AI更寬闊的無邊天地。

⓫「榖」，構樹。

國家圖書館出版品預行編目（CIP）資料

太初傳說．1：遂古之初／黃秋芳作．-- 初版．--
新北市：字畝文化出版：遠足文化事業股份有限公司發行，2023.10
198　面；14.8×21　公分
ISBN 978-626-7365-16-8(平裝)

863.59　　112016054

XBSY0062

太初傳說1：遂古之初

作　　者｜黃秋芳
封面繪圖｜葉羽桐

字畝文化創意有限公司
社長兼總編輯｜馮季眉
責任編輯｜戴鈺娟
主　　編｜許雅筑、鄭倖伃
編　　輯｜陳心方、李培如
美術設計｜蔚藍鯨

出版｜字畝文化／遠足文化事業股份有限公司
發行｜遠足文化事業股份有限公司（讀書共和國出版集團）
地址｜231 新北市新店區民權路 108-2 號 9 樓
電話｜（02）2218-1417　傳真｜（02）8667-1065
客服信箱｜service@bookrep.com.tw
網路書店｜www.bookrep.com.tw
團體訂購請洽業務部（02）2218-1417 分機 1124
法律顧問｜華洋法律事務所 蘇文生律師
印製｜通南彩色印刷有限公司

2023年10月　初版一刷
定價：330元　書號：XBSY0062　ISBN：978-626-7365-16-8
EISBN：9786267365267 (PDF)　9786267365250 (EPUB)